お元気ですか
「あかしや」です

娘婿の実家、長野県茅野でアケビ拾い。
まるで少女のような笑顔（2014 年 10 月）

未来のあなたへ
天国からの贈りものです

創造料理の店自然食料理の店「あかしや」を訪ねて

おいしいつけだしに感嘆

「自然食」というと、一般に茶色といった老人くさい色を連想します。健康のためにはよいが、まずいものというイメージが強いからです。

ところが、京王線の聖蹟桜ヶ丘駅近くに、自然食の店だが味がすばらしくよくて、しかも玄米酒や自然酒もおいてある店があると聞いて、さっそく出かけてみました。

競馬場で有名な府中の駅を出て、多摩川の鉄橋を渡ると、まもなく聖蹟桜ヶ丘駅に着きます。電車が駅に着く手前で、左側三十メートルほどのところに、「お元気ですか・あかしや・自然食料理」と三段に書きわけた看板が見えます。この店が味わいを大切にした自然食料理を食べさせるところとして話題をよんでいる店です。

ここ「あかしや」の店主、渡邉稔子さんは、フードコンサルタントとして知られており、同じ聖蹟桜ヶ丘駅近くにある大和保育園で、長いあいだ子どもの世話をしてきた人です。大和保育園というのは、子どもたちの健康を守るために自然食をとりいれているところで、理事長は寝たきり老人などの世話をしている厚生荘病院の院長・牛尾盛保先生です。

開店してまだ四か月、「あかしや」という名前をつけたのは、今まで働いていた大和保育園の周辺があかしやの園だったことからつけたということです。

「あかしやの花はフジの花に似て、五月のはじめごろ美しい花をいっぱい咲かせます。庭じゅうがあかしやの絨毯のようになって、とてもすてきですので、毎年、五月の最初の日曜日に、親しい人を呼んで、あかしやパーティを開きますの。あかしやの花のてんぷらがとても好評でした」

店主の渡邉さんは、たのしい思い出を小出しにするように話してくれました。

店内はカウンターのほかに、椅子テーブルが四〜五卓、それに小さな座敷もあります。さっそく、自然酒・金宝のセンが抜かれ、つけだしとして、卯の花とひじきが出ました。

箸をつけて口にいれたとたん、みんな一様に「これはうまい」と、感嘆の声がもれました。卯の花というのはオカラの煮物であり、ひじきも体のためによいことはわかっていても、おいしいものではありません。それがこんなにおいしいものに変化しているのです。

言葉で「おいしい」といくら連呼してみたところで、それを実際に食べた人でないとわかりません。しかし、これらはたしかにすばらしい味わいで、まずい自然食という茶色のイメージを吹きとばしてくれました。

料理は創造するもの

「料理をつくるというのは、いろいろな素材を使って、自分なりに工夫しながら創造していくものです。どこの料理教室に行っても、この材料ではこの料理をつくって……、というように固定観念にとらわれていますけど、こうした固定観念にとらわれないで、自由な気持になることが大切だって、常に思っているんです」

熱っぽい渡邉さんのこの言葉に「あかしや」の料理の味の秘密を、かいまみた思いがしました。たとえば、卯の花一つとっても、創造料理の考えが十分に活かされています。材料はオカラのほか、だし汁、コンブ、シイタケ、油揚げなどをみじん切りにして、ゴマ油を使い、とろ火で時間をかけてじっくり炒めるそうです。

ひじきにしても、煮つけるのが固定観念ですが、ここでは若い人向きに、塩とかコショウを使って、マーガリンで炒めるという洋風の食べ方が考案されています。

もう一つの傑作は、これはどこにもないという「そば米トロロ定食」です。そばといえば粉を連想しますが、元のそばは粒で、これの皮をとったのがそば米です。これをご飯のようにたきあげて、トトロ汁をかけて食べるのが、そば米トトロ定食です。六〇〇円と値段も手ごろですし、栄養豊富な食べ物ですから、これから評判を呼ぶだろうと思われます。

写真でも紹介してありますが、店の壁に扇型にメニューが張り出されています。その一部を紹介しますと、つけもの三五〇円、翁豆三五〇円、ひじこん三五〇円、ジャコ三五〇円、金平ごぼう三五〇円、切干大根三五〇円などがあります。また、冬の寒いあいだは煮込みおでん五〇〇円も用意されています。こうしてメニューだけを書き並べますと、ほかの店となんら変化がないようですが、その中身はいずれもちがっています。

食べ物を通じて一人でも健康が維持できるようにとの願いを込めて、いずれの材料も自然のものを使い、調味料も吟味されています。さらには、渡邉さんの創造力が随所に活かされているため、その味は抜群です。

また、いろいろな飲み物も用意されています。玄米酒一本二五〇〇円、自然酒(マス)四〇〇円、ビール(中)、四〇〇円をはじめ、トマトジュース三〇〇円、豆乳二〇〇円、りんご・みかんしぼり各三〇〇円などもあります。

女性のための美容定食に夢

おいしいものをたのしく食べるという豊かなイメージを、お客さまにえがいてもらうのが渡邉さんの夢です。

そのために近所の女性方に月一回集っていただいて健康教室を開くことや、昼間のランチタイムを設ける計画があるそうです。とくに若い女性の中に不健康な人を多く見かけることから、健康美容食として、グルテンかつ定食、おふくろの味定食、玄米おにぎりとか、飲み物には美容コーヒー、浄血ジュース、一〇〇%果汁のみかん・りんごジュースを一人でも多くの人たちに提供したいと渡邉さんの夢はどんどん広がっていきます。

便利だからとか、きれいだからというので、加工食品とかインスタント食品が家庭の食卓を占領しています。こうした不完全食品が健康を害するもとである、と気づいていない人がなんと多いことでしょう。

だから、渡邉さんは、いろいろな人といっしょに、様ざまなものを食べながら話しあって、一人でも健康になってもらおうと願っているわけです。

昼間は女性のために食事を提供し、夜は男性のために酒を酌み交わしながら談笑できる店「あかしや」は、食生活の原点をわたしたちに示してくれるところといえるようです。

味は最高、値段は手ごろ、しかも体のためにいい料理を提供してくれる店ですから、安心して立ちよれます。

目次

第2章　「あかしや」物語　………99

第1章

渡邉稔子の手づくり料理教室

強い生命力をいただく

春は野草のシーズンです。寒い冬のあいだ、土の中に眠っていた草花の芽が、一気に目をさまし、じっくりとためていた生命を吹き出します。

ところで、野草とはいったいどんなものを指すのでしょうか。狭い意味では、人里離れた草原や山地に生え育っている草ということになります。しかしこういうものは、人間が勢力を広げるにつれて、だんだん姿を消してきました。

一方では、人間に踏まれても、抜きとられても、あとからあとからはえてくるものがあります。オオバコ、ツユクサ、ヒルガオ、カタバミなどがそれで、雑草ともいわれ、人間がつくり出した環境になじんでしまった生命力の強い草もあります。

また、山菜と呼ばれているものもあります。これは、人間が畑でつくる野菜に対して、野山にはえている植物のうち、おいしくて、体のためにいいものです。ノビル、フキ、オランダガラン、セリなどがそうです。また、山奥の方に行くと、ネマガリダケ、タラノキ、ギョウジャニンニクなどもあります。

このように野草といっても、いろいろありますが、ここではもっとも一般的によく知られているものを中心にして、紹介してみたいと思います。

野草の特徴は、アク（灰汁）があることです。食べるときはこれが問題になるわけですが、アクは長い冬のあいだ、体の中にたまってしまった毒素や老廃物を、排泄する作用があるのです。春を迎えて、野草を食べるということは、単に季節感を味わうだけではなく、体調を整えるという深い意味があるのです。

ただ野草は、野菜のようにたくさん食べるものではありません。春の香りをじっくり楽しみながら、たまっている老廃物や毒物を上手に追い出しましょう。

それでは、数ある野草の中でよく出まわっている蕗《フキ》とヨモギを使った料理を紹介します。

○蕗ののりまき

〈材料〉

玄米　二分の一カップ、蕗の茎　三〇グラム、油揚げ　四分の一枚、のり　二分の一枚、白ごま　二グラム、だし（昆布　三グラム、椎茸　二グラム、削り節　〇・五グラム）、醤油、味の母、天塩、酢は適宜。

〈作り方〉

①玄米は水をひかえめにして塩少々いれ、ふつうに炊きあげます。

②ご飯が熱いうちに酢を混ぜておきます。

③蕗は塩で板ずりし、湯の中に塩をいれてゆで、水にとって節をとります。

④油揚げは細長く切り、醤油と味の母で煮ます。
⑤白ごまは炒っておきます。
⑥蕗と油揚げと白ごまをシンにして、玄米ご飯をのりでまいてできあがりです。

○蕗のお浸し
〈材料〉
醤油と削り節は適宜用意します。酢味噌（味噌一〇グラム、酢五グラム、味の母三グラム、白すりごま二グラムをねりあわせます）
〈作り方〉
①蕗をゆでて削り節と醤油でいただくもので、あっさりした味が楽しめます。
②また、酢味噌をかけて食べるのも好みで、おいしいものです。
③ごま油で炒めて甘辛く煮ても、これもおいしくいただけます。

○蕗の葉の佃煮
〈材料〉
蕗の葉　適宜、チリメンジャコ　五グラム、ごま油少々、醤油少々、味の母少々。
〈作り方〉

①蕗といえば茎だけを食べるものと考えられていますが、葉のも捨てることはありません。食べられます。
②葉をゆでて、こまかく刻みます。
③ジャコといっしょに、ごま油で炒め、甘辛くして佃煮にします。少々苦みがありますがおいしくいただけます。

○よもぎダンゴ

〈材料〉
ヨモギ少々、玄米粉一五グラム、餅玄米粉一〇グラム、胚芽粉または黄名粉二〇グラム、天塩少々。

〈作り方〉
①ヨモギは塩をいれた湯でゆでて水をよく切り、すり鉢ですっておきます。
②玄米粉と餅玄米粉は熱湯でこねてむします。
③それをよくついて、ヨモギといっしょにして小さくダンゴに丸めて、胚芽粉または黄名粉をまぶして、できあがりです。

〈フキの民間療法〉

蕗を薬として用いる場合、花の咲くつぼみのフキノトウか、全草を天日で十分に乾燥したものを用います。

▼せき・たん・気管支喘息

①フキノトウ二〇グラムを二カップの水にいれて、とろ火で約半量になるまでせんじ、これを一日量として食前または食間にわけて飲みます。

②乾燥した葉をいぶして、その煙を吸う方法です。これで発作を改善することができます。

③同じく乾燥した葉二〇〜四〇グラムをせんじて飲む方法もあります。

▼健胃・解熱

①前述のように、フキノトウをせんじて飲みます。また料理して食べても効果があります。

②フキの根には解熱作用がありますから、カゼなどで熱のあるときは、二〇〜三〇グラムをせんじてのみます。

〈ヨモギの民間療法〉

草餅などにいれるヨモギは、ごく若いものを使用します。そこで、この時期に多量にとって冷凍保存しておけば、いつでもおいしい草餅をつくることができます。しかし、薬として使う場合は若芽より、六月〜八月のころのものを採取し、天日で十分に乾燥するか、生葉も使用します。

▼虫さされ・切り傷

葉をよくもんで汁を出し、患部につけます。そして、もみかすを患部にのせて固定しておくとよいでしょう。

▼高血圧

新鮮な生葉をすり鉢にいれ、水を加えて棒でついて青汁をつくります（ミキサーにかけてもよい）。一日量を盃一杯として毎日続けて飲みます。ただ、飲みすぎはかえって害になりますから、気をつけてください。

▼痔出血・子宮出血・鼻血

乾燥した葉二〇グラムと、生しょうが二グラムを二・五カップの水にいれて、とろ火で約半量になるまでせんじます。これを一日量として、食前または食間にわけて飲みます。

▼神経痛・リウマチ

乾燥した葉二〇グラム、ハトムギの実四グラム、甘草二グラムをともにせんじて飲みます。

▼胃痛

新鮮な生葉なとり、水で煮て布でこしてカスを捨てます。この液を煮つめてエキスをつくり箸の先にとったほどの量を一回量として、湯にとかすか、オブラートに包んで飲みます。

筍料理アラカルト

五月は筍《タケノコ》のシーズンです。とりたての筍はアクか少ないので大変おいしくいただけます。筍は生命力が旺盛で薬効がありますので、旬のうちにいろいろな料理をして大いに楽しみたいものです。しかし筍は、非常に陰性な食べ物ですから、いくらおいしいからといって、一度にたくさん食べすぎないように気をつけてください。

筍は皮に庖丁で切り目をいれ、皮をつけたまま糖または玄米を一握りいれてゆでます。ゆであがったら、そのまま汁につけて冷まして調理します。一本の筍で、先端の柔らかい部分、真中の部分、根元の固い部分と、それぞれにあった料理で楽しめます。家族構成にあわせて工夫してみてはいかがでしょうか。

○兜飯

五月五日、端午の節句にちなんで、筍いりの稲荷ずしを兜形にしてみました。

〈材料〉（二人前）

玄米　三分の一カップ、油揚げ二分の一枚、筍二〇グラム、グリンピース三グラム、にんじん一〇グラム、椎茸二グラム、白ごま二グラム、塩、醤油、味の母、ごま油、酢を少々。

〈作り方〉
①玄米を炊き、酢をいれてすし飯（シャリ）をつくっておきます。
②筍の根元の部分と、にんじん、椎茸を小さく切り、グリンピースとともに甘辛く煮ておきます。
③玄米と具を一緒にして白ごまを混ぜあわせ、あらかじめ煮ておいた油揚げに三角に詰めて、兜の形に整えます。

○若竹汁
〈材料〉
筍の柔らかい部分三〇グラム、ワカメ（乾）二グラム、わけぎ五グラム、うずら卵一個、だし（昆布、椎茸、花かつお、筍は海草や蛋白質とよくあいますので、いろいろ組みあわせてみてください）
〈作り方〉
①筍の柔らかい部分をスライスし、うずら卵はゆでておきます。
②筍、ワカメ、うずら卵を一緒にして清汁にします。
③わけぎ少々を散らしていただきます。
○柏餅
〈材料〉

柏の葉　一枚、玄米粉二〇グラム、玄米餅粉二〇グラム、小豆二〇グラム、くるみ五グラム、三温糖五グラム、紅花粉末、塩各少々。
〈作り方〉
①乾燥した柏の葉は煮てからもどし、よく洗っておきます。
②玄米、玄米餅粉は熱湯でねり手形に握って蒸します。
③これを、熱いうちに天然色素（よもぎでもよい）をいれ、すりこぎでよくつきます。
④小さくちぎってまるく延ばし小豆あん（クルミいり）をくるんで形を整え、柏の葉に包みます。

〇土佐煮（筍は根菜類と一緒に調理しますと、陰性度が緩和されて調和がとれます）
〈材料〉
筍三〇グラム、昆布三グラム、椎茸二グラム、こんにゃく三〇グラム、にんじん三〇グラム、きぬさや一〇グラム、かつおぶし一グラム、だし（昆布、椎茸を水につける）ごま油、醤油、味の母は適宜。
〈作り方〉
①筍は真中の部分を使います。乱切り。
②こんにゃくはスプーンでちぎり、塩でもみ洗いしてかり、空炒りします。
③そのほかの材料も乱切りして、用意のだしにかつをぶしをいれ、甘辛く調味します。

大豆料理アラカルト

食生活の洋風化

大豆及び大豆製品を使った料理をとりあげます。大豆は昔から穀物菜食を主体とした日本人にとっては大切な蛋白源でした。納豆・味噌・豆腐という大豆食品は欠かせないものでした。大豆は地味の肥えない土地でも簡単に栽培できるので、昔はほとんどの農家が自宅で栽培し、自給自足をしていました。

今では九〇パーセント以上が外国からの輸入に頼っており、国産はわずか一〇パーセント足らずです。身上不二の原則（その土地にとれたものを、その時期に食べるのが一番健康によい）からいっても非常に嘆かわしいことで、日本の食糧行政の改革を願わずにはいられません。二一世紀は大豆蛋白の時代といわれています。世界的に激増する人口に食糧生産が追いつけず、やがて、深刻な食糧危機が到来するだろうと憂慮されています。従って、自給自足の方向に進むのが理想的だと思います。「亭主殺すに刃物は要らぬ」という言葉がありますが、食糧を輸入に頼っている日本の国を亡ぼすのに武器は要らぬといえそうです。

このように、大切で貴重な大豆が文明開化以来食生活の洋風化で、肉、卵、牛乳、という動物性食品志向に傾き、納豆、豆腐味噌という日本人の伝統食品はとかく軽視されがちでした。

ところが昨今では、成人病の増加でまた見直されるようになりました。

欧米先進国では「成人病」が（心臓病、ガン、脳卒中）死因の過半数を占め、高齢者ばかりでなく、若年届にも広がってきました。成人病予防のためにも、大豆の栄養性と経済性が見直されてきました。

このころは味噌汁もいただかない家庭が増えています。健康は朝の味噌汁一杯から始まります。本物の味噌汁を一日一回は家族そろっていただきたいものです。

肉食、砂糖漬で酸性に傾いた体液を大豆のアルカリで調和をはかることが、成人病予防の第一歩だと思います。また、発酵食品は消化もよく、味噌は日本のヨーグルトといわれるように、腸内の有用菌の働きをよくしますので欠かせない食品です。

大豆は畑の肉

大豆には蛋白質が三四・三パーセントと豊富に含まれ、牛肉のしもふり（一二・四パーセント）に比べて約三倍にあたります。

また乳幼児の栄養として必要なグルタミン酸が牛乳や母乳に比べて、はるかに多く含まれています。子どもの成長に必要なリジンやフェニールアラニンなどの必須アミノ酸が多く、メチオニンなどの含硫アミノ酸が不足しているので蛋白価は卵、肉、牛乳などに劣りますが、日本人の伝統的な朝食、ご飯、みそ汁納豆の組合せで理想的なとり方ができます。大豆に不足する含硫アミノ酸を、米に含まれている含硫アミノ酸が補うわけで、食品はお互いに補助の関係にあります。

大豆にはリノール酸がたくさん含まれています。リノール酸は不飽和脂肪酸の一つで、コレステロールを防ぎ成人病の原因となる動脈硬化の予防や治療上に大いに効果を発揮しています。またビタミンA・B群・D・Eが比較的多く含まれ、そのほか、ビタミンKも含まれています。とくにビタミンB１（チアミン）が豊富に含まれているので、砂糖漬で脚気ぎみの人には納豆などは手ごろかと思います。細胞が若返るビタミンEも多く、老化防止に役立ちます。ビタミンEは老化の原因とされている過酸化脂質を防ぐ働きをします。不妊症にも有効です。

カルシウム、鉄、リンなどもほかの穀物、野菜に比べてかなり多く、現代人の貧血症に有効です。大事なことは食品分析中の数値ではなく「体内利用率」ですから、バランスよくとりいれることに心がけたいものです。

○高きびいり大豆ご飯

〈材料〉一人分

玄米二分の一カップ、胡麻塩　少々、大豆五グラム、高きび五グラム。

〈作り方〉

①玄米に一割の雑穀、豆類を混ぜいれ、水加減は二割増し、塩一つまみを加えます。

②圧力鍋ではじめは強火、沸とうしたら弱火にして約20～25分で火を止めます。
③一〇分ほどおいてから蒸気を抜くと、おいしくできます。
水加減、火加減で調節の事。

○豆腐いりソイポタージュ
〈材料〉一人分
もめん豆腐五〇グラム、クルトン少々、ソイポタージュ二〇グラム、豆乳一〇〇グラム、パセリ少々、マーガリン少々、玉ねぎ三〇グラム、昆布と椎茸を水につけてだしを用意する。
〈作り方〉
①鍋にマーガリンを溶かし、みじん切りの玉ねぎをすぎ透るまで炊めます。
②スープを加え、豆乳で溶いたソイポタージュを加えます。
③豆腐をいれたら塩、胡椒で味を整え、仕上げに刻みパセリやクルトンを浮かせます。

○おからコロッケ
〈材料〉一人分
おから三〇グラム、玉ねぎ三〇グラム、ひじき二グラム、山芋一〇グラム、パン粉二〇グラム、しょうゆ、塩少々。

〈作り方〉
①荒みじんの玉ねぎを油で炊めます。
②ひじき、おからを加えて、炊め山芋をおろしいれ、塩、胡椒、しょうゆで味を整えます。
③好みのコロッケの形に仕上げ衣をつけて油で揚げます。

○おからドーナツ
〈材料〉

おから二〇グラム、ミックスパウダー四〇グラム、レーズン木の実、シナモン　各少々、豆乳、油（植物油）、液体酵素またはハチミツ　少々。

〈作り方〉
①粉と二分の一量のおからを混ぜあわせ、レーズン、木の実を刻みいれます。
②液体酵素かハチミツ、豆乳を加えてよくこね。耳たぶくらいの固さにします。
③しばらくねかせて。
④平らに伸ばして、ドーナツ型に切り抜き、油で揚げます。

梅干し料理アラカルト

梅干しは先祖の知恵

日本の風土、日本人の体質、その生活の知恵から生まれた代表的な食べ物として、みそ、漬け物、梅干しがあります。今月はその梅干しについて考えてみましょう。

梅干しの主成分はクエン酸で、すっぱいから酸性食品かと思われがちですが、レモンやミカンと同じアルカリ性食品です。食物中の糖質、タンパク質、脂肪などの栄養素は、体内でへ分解されて最終的には炭酸ガスと水になりますが、この際発生するエネルギーが人体の体熱や活動源となります。この化学変化に欠かすことのできない媒体がクエン酸です。

わたしたちの体は、常に弱アルカリ性の状態が望ましいのですが、この化学変化がうまくいかないと乳酸が増え、血液は酸性に傾き、疲労や病気の原因となります。クエン酸はこれを防いで血液を浄化し、疲労回復、病気を予防してくれるのです。日本の夏は高温多湿で、人体の生理にとってよい条件とはいえませんから、これからますます欠かせない食品といえそうです。

このほかにも梅干しの効用はいろいろありますが、老化防止ホルモン（パロチン）の分泌を促すことも知られています。梅と聞いただけで口のなかにツバが出てきます。この唾液がたくさん出るほど健康によいのです。

病原菌に対する殺菌、解毒作用もあります。梅肉エキスは赤痢菌を殺すほどの力があるといわれています。また鎮痛、消炎作用もあり、虫さされ、ヤケド、腫れ物、頭痛などに梅の果肉をはる治療法は昔から行なわれています。

梅干しが万能薬として、古くから家庭の常備品の扱いを受けてきたのも、このように科学的にも裏づけられるのです。今さらながら、先祖の英知と経験の集積を思いしらされます。梅の効用を再認識して、その恩恵に感謝しながらこの夏を快適に過ごしましょう。

○ピース御飯

〈材料〉一人分

玄米二分の一カップ、グリンピース五グラム、ゆかり……五グラム、、油揚げ……五グラム、天塩（自然塩）少々、醤油、味の母、だし

〈作り方〉

①玄米はよく水洗いして、水加減は三割増し、自然塩少々を加えて圧力釜で炊きます。騰醤したら弱火にして約二〇～二五分で火を止め、一〇～一五分むらしてからふたを開けます。

②グリンピースは、沸騰した湯に塩少々を加えてゆで、ザルにあげておきます。

③油揚げは熱湯でさっと油抜きし、縦に三等分してから細切り、醤油、味の母、だしで甘辛く煮つけます。

④①の玄米御飯をおひつにあけて、さっとほぐし、しそもみじ、グリンピース、油揚げをさらっと混ぜあわせ、美しく色どりします。

圧力鍋のすすめ

玄米自然食が見なおされるにつれて、圧力鍋が普及しています。玄米の栄養価を損うことなく、おいしくしかも簡単に炊くためにはなんといっても圧力鍋が一番です。

本誌代理部ではヘイワ圧力鍋とワタナベ式玄米釜を扱っていますが、どちらも安全マークが保証する一級品です。あらゆるお料理に活用してください。

○塩辛

〈材料〉一人分

生イカ五〇グラム、梅干し小1個、柚子少々、天塩適宜

〈作り方〉

①生イカはあしを外し、腹わた（みそ）を静かに抜きとります。腹わたはよく水洗いして塩をたっぷりまぶし、しばらく冷蔵庫にねかせます。身のほうは線切りにしておきます。

②梅干しと柚子は細かく刻んでおきます。

③イカのみそを袋からくびき出し、天塩を加えてよく練ります。

④③に②の梅干しと柚子を加えて混ぜあわせ、塩で味を調節します。刻んでおいたイカも加えビンに詰めて冷蔵庫で保存します。
⑤一日に一回はかき混ぜてください。三日目くらいからいただけます。
（注）サンショウの実などをいれてもしゃれた味になります。いろいろ家庭の味を工夫してみてください。酒の肴に、また熱いご飯にそえても最高です。

○海若汁

〈材料〉一人分

梅干し一個、青しそ一枚、ソーメン五グラム、わかめ一グラム、自然塩、醤油、だし（昆布　椎茸　かつお節）

〈作り方〉

①梅干しは果肉をはずし、細かくぎざんでおきます。
②青しそは縦半分に切り、よく刻んでおきます。
③ソーメンはさっとゆでて水にさらし、ザルにあげておきます。
④わかめは水にもどしてよく洗い、水気を切ってから適宜に刻んでおきます。
⑤だしを煮たて、塩、醤油で薄味に整えます。椀に梅干しとわかめ、ソーメンをいれ、だしを注ぎいれます。最後に青しそをあしらっていただきましょう。

○梅和え
〈材料〉一人分
かぶ五〇グラム、きゅうり三〇グラム、梅干し小一個
〈作り方〉
①かぶは一個を八～十等分して櫛型に切り、きゅうりは小口切り、梅干しはタネを取って細かく刻みます。
②材料を全部混ぜあわせて、そのまま一時間くらいおきます。梅干しの塩気でなじんできたら、醬油をちょっと、かくし味程度に落としていただきます。

○梅羹《ウメカン》
〈材料〉一人分
梅干し一個、寒天五分の一本、ハチミツまたは紅糖五グラム
〈作り方〉
①寒天はよく水洗いして三〇分ほど水につけておきます。
②寒天の水気をよくしぼり、細かくちぎって水三五〇～四〇〇CC（牛乳ビン二本分くらい）を加え、よく煮溶かします。
③寒天が十分に溶けたらハチミツか紅糖をいれてさらにかき混ぜます。

④梅干しのタネを取り、果肉をよく刻んで③に加え、十分に練ります。梅肉の塩分だけでもよいのですが、塩加減を工夫してみてください。
④流し箱をぬらしてから寒天を注ぎいれ、荒熱をとって人肌くらいになったら冷蔵庫にいれて冷やし固めます。

夏野菜を使ったスタミナ料理

夏には夏の野菜を

自然のしくみには本当に感心させられます。夏の暑いときには体を冷やしてくれる野菜（瓜類、ナス、トマトなど）が育ち、冬の寒いときには体を温めてくれる根菜類（里芋、にんじん、ごぼうなど）がとれます。人間は、その土地にその時期にとれる作物をいただくのが自然の姿で、これを〝身土不二《しんどふに》の法則〟といいます。

ところが昨今は、キュウリもナスも一年中出回り、自然のリズムはまったく崩れてしまいました。しかもそれらの野菜に、味は希薄で栄養価も低く、農薬でたっぷり汚染されています。狂った季節の狂った野菜で、わたしたちの健康が守れるはずもありません。まず正しい食品の選択こそ大切です。

暑いときにはどうしても、口あたりのよいさっぱりした食べ物に走りがちなので、ビタミンやミネラルが不足して、いっそう疲れやすくなります。緑の濃い野菜、海草、ごまなどをしっかり摂り、生姜、ニンニク、梅干し、香辛料なども工夫して、たのしくおいしくいただきましょう。これが最善の夏バテ防止法です。

○三色おはぎ
〈材料〉一人分
南瓜五〇グラム、小豆二〇グラム、ごま一〇グラム、玄米七〇グラム、黒糖五グラム、自然塩少々
〈作り方〉
①玄米は自然塩一つまみいれて圧力釜で炊き上げ、すりこぎ棒でよく叩いて小さく丸めます。
②南瓜は皮を外し、黄色い部分だけをよくねり、塩少々を加えて味を調えておきます。
③小豆は煮えたら黒糖と塩少々で味を調えます。
④ごまは炒ってからすり鉢で油を出さないように軽くすり、塩少々で味を調えます。かくし味程度に粗精糖のようなものを少量いれてもよいでしょう。
⑤南瓜、小豆、ごまをそれぞれ、にぎったご飯のまわりにまぶし、三色を色よく整えます。たのしい主食は、お子さまにも喜ばれます。

○冬瓜スープ
〈材斜〉一人分
冬瓜五〇グラム、わかめ一グラム、青しそ二分の一枚、葛粉《くずこ》二グラム、白すりごま少々、だし（昆布　椎茸　かつお節）
〈作り方〉

①冬瓜は皮をむき、中の種をとり除いて三センチ角ぐらいに切ります。
②①をだしで煮て、柔らかくなったらすりごまとわかめを加え、塩、醤油、味の母で調えます。
③葛粉を溶きいれてうすいとろみをつけ、椀にいれたら青しそのせん切りを一つまみ散らします。生姜汁少々を落としてもいいでしょう。

夏の暑いときに、あつあつのスープはかえっておいしいものです。これは、体を疲れさせないコツでもあります。お好みで豆腐をいれてもいいでしょう。

○ナスの冷製

〈材料〉一人分

ナス一個、ごま油適宜、白すりごま少々、七味唐がらし少々、酢四グラム、醤油四グラム、味の母三グラム

〈作り方〉

①白ごま、七味唐がらし、酢と醤油、味の母を混ぜあわせて、酢醤油のタレをつくっておきます。
②ナスは縦二つ割り（ヘタはとらずにそのまま）にし、皮の部分に包丁で切り込みをいれ、ごま油で空揚げします。
③熱いうちに用意のタレをかけ、荒熱をとったら冷蔵庫で冷やして漬けこみます。

緑黄色野菜を使った夏バテ解消料理

九月は夏の疲れの回復期

九月は夏の乱れた食生活をもとにもどして体調を整える季節です。夏の疲れた体に力（活力）を与える意味で、今回は緑黄色野菜をたくさん使って料理してみました。

ピーマン、シシトウ、オクラ、ニラ、青しそ、カボチャ、ニンジンなどの夏野菜と新鮮な魚貝類、小豆などを組みあわせ、大根おろし、レモンをたっぷりと胃酸の分泌を刺激するために、香辛料も上手に使いましょう。

南瓜は糖尿病の特効食品として、民間療法では盛んに利用されています。また黄色の色素はカロチン（プロビタミンＡ）をたくさん含んでいますから、皮膚や粘膜を丈夫にし、抵抗力を高めてくれます。

小豆にはビタミンＢ１が多く含まれ、でんぷん質の代謝をスムースにします。また便通をよくし、利尿、解毒作用があり、血液をきれいにし、疲労を回復します。調理には黒砂糖を使うほうが効果的です。

偏った食事は精神のバランスをも崩します。心身ともに健康であるために、バランスのよい食事を心がけてください。

○蒸し南瓜のグルテンあんかけ

〈材料〉一人分

南瓜七〇グラム、グルテンバーガー三〇グラム、玉ネギ二〇グラム、ニンニク・しょうが汁少々葛粉五グラム、青のり少々、だし汁（昆布、椎茸、かつお節）、天塩、醤油、味の母、ゴマ油、こしょう

〈作り方〉

①南瓜はくし型に切り、天塩少々をふって蒸します。

②ニンニク、玉ねぎはみじん切りにします。

③ニンニク、玉ねぎの順に炒め、玉ネギがすきとおったら塩、こしょう、グルテンバーガーを加えてよく混ぜあわせます。しょうが汁、醤油少々で味を整え、葛粉をいれてとろみをつけたらあんのできあがりです。

④お皿に蒸した南瓜をのせ、グルテンあんをかけて青のりをふります。南瓜嫌いのお子さまにもグルテンあんなら喜ばれます。

○そばずし

〈材料〉一人分

日本そば五〇グラム、ニンジン二〇グラム、いんげん二〇グラム、高野豆腐…五グラム、白ゴマ二グラム、のり一枚、醤油、味の母、天塩、わさび

〈作り内〉

①そばはゆでて水にさらし、水気を切って醤油少々をまぶしておきます。

②いんげんは筋をとり、沸騰した湯に天塩少々をいれてサッと色よくゆでます。

③ニンジンはスティック状に切り、天塩、醤油、味の母で色よく、甘辛く煮ておきます。

④ゴマは焦がさないように炒って、すり鉢で油を出さない程度にさらさらとすっておきます。

⑤のりを広げ、そばを乗せて平らにし、三分の一くらい手前にゴマを横一文字にふりニンジン、いんげん、高野豆腐をのせてしっかりと巻きます。六等分くらいにして切り口を上にして皿に並べます。わさび醤油でさっぱりとおいしくいただきましょう。日本そばにはビタミンやミネラルのほかルチン質も含まれているので、血圧の高い方にも喜ばれます。

○ピーマンコロッケ

〈材料〉一人分

ピーマン一個、じゃがいも五〇グラム、グルテンバーガー二〇グラム、玉ネギ三〇グラム、ニンジン一〇グラム、ほし椎茸二グラム、葛粉三グラム、地粉一五グラム、生パン粉一五グラム、揚げ油、梅干し一個、しょうが汁少々、うずら卵一個、天塩、こしょう、ゴマ油

〈作り方〉
①ピーマンはヘタを取り、たて二つ割りにしておきます。
②ニンジンはみじん切り、干し椎茸ももどしてみじん切りにします。
③じゃがいもはゆでて裏ごしします。
④ニンジンと椎茸を炒めてグルテンバーガーを加え、しょうが汁、じゃがいもをあわせて塩、こしょうで味を整えます。
⑤④をピーマンに詰めて地粉にまぶし、うずら卵をいれた溶き粉を通してパン粉をつけ揚げ油で揚げます。ピーマンと具の味がよく溶けあってたいへんおいしくいただけます。ピーマンに詰めるだけで形が整うので、忙しいときにも手軽に作れます。
※揚げ物をするときは、梅干しをいれると油の酸化を防いでくれます。

○月見まんじゅう
〈材料〉一人分
皮、ミックスパウダー三〇グラム、しそもみじ（ゆかり）五グラム、ハチミツ、天塩少々、あん、小豆……一五グラム、黒砂糖五グラム、天塩少々、昆布一グラム、くるみ少々
〈作り方〉
・皮の作り方

ミックスパウダーに湯わりハチミツ少々をいれてよくこね、耳たぶくらいの固さになったら、しばらくねかせておきます。

・あんの作り方

①小豆を三倍の水で煮て、柔らかくなったら黒砂糖、天塩で味つけします。

②クルミをすっていれると味に深みが出ますし、木の実に含まれる不可欠脂肪酸も摂れて一石二鳥です。

③適当な固さになるまでよく練って冷まします。冷めたら小さくまるめます。

④ねかせておいた皮をち切ってまるく伸ばし、あんを包みこんでまるめます。

⑤　蒸し器で二〇分くらい蒸してください。ゆかりの色がきれいに映えます。

昔いなかでは、お月見の晩にすすきとまんじゅうを飾ると、近所の子どもたちが、竹の先に釘をつけてこっそりさらっていったものです。たくさんさらわれた家は縁起がよいとされていました。楽しい子どものころの思い出です。

※豆類にはサポニンが含まれていますから、いただくときは海草を少し組みあわせるとよいと思います。

○さざなみ漬

〈材料〉一人分

キャベツ……二〇グラム、ニンジン一〇グラム、ピーマン一〇グラム、キュウリ二〇グラム、ジャコ一〇グラム、昆布少々、酢三グラム、糸切りしょうが少々、レモン汁少々、味の母、醬油、天塩、唐辛子、白ゴマ

〈作り方〉

①野菜、昆布はせん切りにし天塩をふってしんなりさせます。

②ジャコを混ぜ、酢、レモン汁、醬油、味の母、唐辛子、白ゴマ、しょうがを加えて味を整えます。

さっぱりとして酒のつまみにしても喜ばれます。梅干しを加えてもいいですし、季節の野菜をいろいろ工夫してみてください。食卓にもう一品ほしいとき、急の来客のとき、冷蔵庫にありあわせの野菜で手早く作れます。

秋の気配を感じたら

秋来ぬと目には
さやかに見えねども
風の音にぞおどろかれぬる

秋の気配を肌に感じるようになると食欲も徐徐に増してまいります。九月は実りの秋に先がけて、食べ物もおいしくなる季節です。わたしたらの先祖はこの季節に、里芋、さつまいも、枝豆、月見ダンゴなどを中秋の名月に供えたりして、めぐりくる秋の恵みに感謝し一家の無事を祈りました。

また九月九日は重陽の節供として、邪気を払い長寿を願って、季節の菊の花を酒に浮べて飲み、「登高」といって、山や丘に登り重陽を祝いました。長崎の「オクニチ」という秋の氏神さまのお祭りはその名残りです。この日に茄子を食べると痛風や病気にならないという伝えがあります。

秋茄子は一段と色も美しく紫色に冴え、味もよくなります。カロチン（プロビタミン）やミネラルもあります。〝秋ナスは嫁に食わすな〟という諺がありますが、これはおいしいので食べすぎないようにしろという配慮かもしれません。

食養では茄子は陰性な食べ物として嫌われますが、陽性に料理して適量いただき、季節の味を楽しんでください。

枝豆は成熟した豆（大豆）にくらべて澱粉やビタミンCがあり、栄養の高い旬の食べ物です。大豆（枝豆）は天然の乳化剤のレシチンも多く含まれています。しかもアルカリ性食品なのでビールのつまみとしても味、栄養、バランスの点でも最高です。それぞれいろいろないただき方がありますが、行事食にあやかってその一部分をつくってみました。

○菊花おはぎ

〈材料〉四人分

玄米餅米三カップ、自然塩少々、ミネラル水三・三分の一カップ、黄菊一〇〇グラム、枝豆二カップ、自然塩少々、自然酒少々、レモン二分の一個、醤油少々

〈作り方〉

①玄米はよく水洗いして二割増しの水と自然塩少々いれて、圧力釜で炊きます。

②食用黄菊は花びらだけを取り、熱湯に塩一つまみいれ、さっとゆがきます。

③レモンの絞り汁に醤油少々を加え、ゆがいた菊の花をあえます。

④炊きあがったご飯は、熱いうちにすりこぎ棒でつきつぶし、かるく水気を絞った菊を混ぜ合せ俵型の小さなおにぎりをつくります。

⑤枝豆はサヤごとゆがいて、中の豆を出してすり潰します。自然塩と自然酒少々でのばし④にまぶします。ずんだもちは東北地方独得のもので、ずんだとは「豆打」（豆を打ち潰してつくる）からきたともいわれます。

○ひすい茄子のニューメン

〈材料〉四人分

ソーメン三束、茄子小四個、オクラ四本、自然塩少々、揚げ油適量、だし（昆布，椎茸，けずり節）４カップ、薄口醤油大さじ二杯、味の母大さじ一・二分の一、薬味、七味唐辛子少々刻みネギ少々、卸し生姜少々

〈作り方〉

①ソーメンをたっぷりの湯で茹でます。一度さし水して茹であがったらザルにあげてすぐ冷水にいれよく洗って水気を切っておきます。

②茄子は切り口が緑をした新鮮なものを選びます。軽くごく薄く皮をむきます（塩水につけながらむくと酸化を防ぎます）。

③きれいな油を熱し②を（油で）揚げます。くるくると箸でころがしながら緑色をきれいに保つよう揚げます。

④箸ではさんで軽くなったら油から出し氷水にいれて冷します。

⑤オクラは塩一つまみいれた湯でさっとゆがきスライス。
⑥だしを煮たて、醤油と味の母で味を整えた中に、茄子の水気を絞ったのをいれて温め、椀に盛ります。
⑦ソーメンをいれて一煮たちさせ⑥にあしらい熱いだしを張り⑤を飾ります。薬味を添えていただきます。暑いときにはかえって季節の野菜を使った熱いニューメンがおいしいです。冷たいものをいただくより腸の負担を軽くして健康によいのです。

○秋茄子の枝豆マヨネーズ和え

〈材料〉
秋茄子三個、さやいんげん一〇〇グラム、枝豆大さじ四杯、レモン汁大さじ二杯、調整用レモン汁少々、自然塩小さじ一杯、蜂蜜小さじ一杯、紅花油一カップ、醤油少々

〈作り方〉
①さやいんげんは筋をとり、塩一つまみいれた湯でさっと茹でて三分の一くらいに切っておきます。
②茄子はヘタをとり縦一つ割りで蒸し器で蒸します。さめたら棒状に切ります。
③塩茹でした枝豆のうす皮をむき、レモン汁自然塩、蜂蜜とともにミキサーにいれ、どろどろにします。どろどろになったら紅花油を少しずついれながら、さらにミキサーをまわしますと、

光沢のあるマヨネーズができ上ります。
④③に調整用のレモン汁で好みの軟らかさにし、塩、胡椒辛子、醤油、味の母などで味を整え茄子といんげんを和えます。

○秋茄子即席漬け

〈材料〉

秋茄子二個、自然塩適量、たれ（富士酢大さじ四杯、紅花油大さじ四杯、ごま油少々，白ごま大さじ一杯、味の母大さじ一杯、七味唐辛子，醤油少々）

〈作り方〉

①茄子はヘタのついたまま縦十文字に包丁をいれ、塩をパラパラふりこんでおきます。
②即席漬のたれの材料をあわせ、味を調整します。
③茄子がしんなりしたら1センチくらいの巾にぶつ切りします。茄子はいちょう型に切れます。
④③を②に漬けこみ味がなじんだところでいただきます。漬物を好まない若い人にもよろこばれます。

秋はおいしいお米料理で

秋は米の収穫期で、おいしい新米が出回ります。約三千年の昔、稲の道（ライス・ロード）を経て、稲作農法の技術が日本列島に伝わって以来、日本の気候風土に適して発達し、コメ文化をもたらしました。欧米の〝麦と肉の文化〟に対し、日本人の味覚はコメから生れたといえます。

朝はご飯と味噌汁という日本食の基本型は、現在では一般に大分軽視されている傾向にあります。この機会にもう一度和食のすばらしさを見直してみたいと思い、米料理をあれこれ考えてみました。

以前、米を食べるとバカになるといった学者がおりましたが、食べ方の配慮がたりなかったのかもしれません。

米粒をよくかむと、眉の上の前頭葉の発達が促され、その刺激で頭の働きがかえってよくなるようです。また白米を水につけておくと腐ってしまいますが、玄米は発芽します。玄米は生きたたべものなのです。栄養のバランスもよく、完全食に近いのです。

本当のコメとは玄米のことをいいます。白米は粕（カス）でほとんど澱粉質なのです。できるだけ未精白のコメを食べるように心がけてください。玄米がだめなら七分搗、五分搗、三分搗、胚芽米など胚芽を残す工夫が大切です。
米はほかの食品と非常に相性がよいのでいろいろと楽しめます。玄米食はおかずもたいしていりませんので経済的でもあります。玄米に含まれる繊維は便秘を防ぎ、成人病の予防にもなり、理想的な繊維食です。雑穀、大豆、大豆製品、海草、緑黄色野菜、小魚、貝などをバランスよく組みあわせて、それぞれにあったたべ方を工夫してみてください。過食をさけ、よくかんでいただくことを忘れずに。

〇玄米きりたんぽ鍋

〈材料〉四人分

新米四〇〇グラム、たんぽ串（一センチ角）二本、ゴボウ……一本、マイタケ、糸こんにゃく一〇〇グラム、長ねぎ二本、春菊二分の一束、えのきだけ一束、帆立貝四個、生揚げ二〇〇グラム、だし汁（昆布，椎茸，鰹だし）、醤油少々、味の母、自然塩

〈作り方〉

①玄米は少し硬めに炊き、熱いうちに塩少々を混ぜて七分目くらいにつき潰します。大きく握って、一センチ角のたんぽ串にちくわ状に巻きつけ、ぬれ布巾の上で転がすようにして形を整えます。表面をこんがりと焼きあげ、串を回しながら抜き取ります。穴を潰さないように気をつけて、ぽんぽんと二、三個に切りとります。

②だし汁を鍋にいれ、醤油、味淋で調味します。
③ゴボウは長めの笹がき、糸こんにゃくは塩でもみ洗いした後水洗してザルにあげておきます。ネギは斜め切り、春菊は洗って根元を切り落し、長目のものは二等分します。えのきだけは根元を切り落し、そのままほぐします。生揚げは縦二つ割りして一センチ幅くらいのそぎ切りにします。
④②の鍋の底にゴボウを敷き、大皿に盛り込んでおいたマイタケ、糸こんにゃく、ネギ、帆立貝、生揚げをいれ、周りにきりたんぽを並べます。ひと煮込みしたら春菊を加え、色のうせないうちにいただきます。たんぽ串は本来は秋田杉を使用するところですが、手にはいらない場合はしの竹でも結構です。またマイタケのない場合は椎茸やしめじなどで。

○いなり餅
〈材料〉
油揚げ四枚、玄米餅四切れ、板のり一枚、つま揚子八本、だし汁四カップ、醤油大さじ四杯、味の母大さじ一杯、ショウガ汁少々
〈作り方〉
①油揚げはさっと湯をかけ、二つに切り袋をつくります。玄米餅は二等分します。板のりは八等分します。

②餅にのりを巻き、油揚げの袋の中にいれ、つま揚子で口をとめます。
③鍋に②を並べ、煮汁をひたひたにかけ沸とうしたら弱火にして静かに煮ます。

○ライスグラタン

〈材料〉
炊いた玄米三カップ、宝ねぎ一個、生椎茸四枚、人蔘中一本、グリンピース大さじ二杯、ワカメ（乾）五グラム、うづら卵四個、白すりゴマ少々、炒め油少々、ホワイトソース、小麦粉大さじ二杯、ハイプラスマーガリン大さじ二杯、豆乳……二カップ、自然塩小さじ四分の一杯

〈作り方〉
①玉ねぎは薄切り、生椎茸は千切り、人蔘も三センチ長さの千切り、ワカメは水に戻して二センチくらいの長さに切ります。うずら卵は茹でてカラをむき二つ割りします。
②マーガリンと小麦粉を木杓子で混ぜながら弱火で炒め、温めた豆乳を少しずつ加えて煮、塩、コショウしてなめらかなホワイトソースをつくります。
③フライパンに食用油をいれ、玉ねぎを炒め、人蔘、椎茸、ご飯を炒め、塩、コショウしておきます。
④グラタン皿にマーガリンを塗り、ホワイトソースに③とワカメ、グリンピースを混ぜていれ、上にうづら卵を並べ、白すりゴマをふり、さらにマーガリンをところどころにおいて天火で焼

きます。
メモ　残りご飯や残り野菜の整理ができ体が温まります。マシュルームやむき身のあさりなどを使ってもよくあいます。

○ライスサラダ

〈材料〉
炊いたご飯……二カップ、れんこん中一節、赤かぶ一束、玉ねぎ一個、豆腐一丁、柿一個、サラダ菜適宜、みじんパセリ少々、ドレッシング、紅花油二分の一カップ、梅酢三分の一カップ、味の母四分の一カップ、おろしりんご二分の一個、コショウ少々

〈作り方〉
①ご飯はさっと水洗いしてザルにあげ水気をきっておきます。れんこんは皮の汚い部分だけ包丁で取除き、いちょう切りで薄くスライスし、酢少々いれた湯でさっと茹でておきます。赤かぶは輪切りに薄くスライスします。玉ねぎも二つ割りして小口にスライスし、塩少々ふっておきます。豆腐は湯にくぐらせて布巾で絞り、水気をとっておきます。
②ドレッシングの味を整え、サラダの材料を和えます。
③器にサラダ菜を敷き、サラダを盛り、みじんパセリをふり、櫛型に切った柿をまわりに飾ります。

繊維の多い料理を食べましょう

日本食は理想的な繊維食

実りの秋。馬肥ゆる秋到来。野菜、木の実、果物と秋のおいしい食べ物がたくさん出まわる季節です。もりもり食べ、たくさん働いて汗をかき、食べ物と運動量の収支のバランスをとることが大切です。

美容と健康のためにローカロリー食と繊維食に目を向けてみましょう。

昔からローカロリー食の筆頭にあげられるのは蒟蒻（こんにゃく）です。蒟蒻の九七・四パーセントは水分で、栄養価は期待できませんが、昔から珍重されてきました。砂下し、虫下し、血圧降下、肥満予防など、そのほか温湿布の手当法としても使われてきました。

最近アメリカのバーキット博士が、成人病予防として食物繊維の問題をとりあげてから、日本でもこの問題が大きくクローズアップされてきました。日本古来の食事は日本人にふさわしい理想的繊維食といえるのです。

夏以来、水分の多い食物を摂るくせをなおすよう心がげましょう。そうして秋においしくいただける根菜類、海草、豆類、小魚貝類などバランスよくいただき、冬に向っての健康づくりをはじめてください。

○栗あずきハトムギいり玄米ご飯

〈材料〉一人分

玄米……八〇グラム、栗三〇グラム、ハトムギ八グラム、もみじの葉、黒ごま、自然酒、昆布、天塩少々、小豆八グラム

〈作り方〉

①栗は皮をむき二つ割りにして玄米と一緒に炊きます。玄米・ハトムギ・小豆をよく洗い、二割増の水加減にし（新米のときは水は少しひかえ目に）天塩、自然酒、昆布少々いれて火にかけます。

②沸とうしたら弱火で二十分くらい煮て、火を止め、十分くらいたったら蒸気を抜きます。

③できあがったご飯にごま塩をふりかけて、もみじの葉をそえて供します。

④ごま塩はごま九に塩一くらいの割合がよいかと思います。お好みで八対二くらいでもかまいませんが、塩分はしらないうちにとりすぎてしまうので、少しひかえ目に。

○たぬき汁

〈材料〉一人分

蒟蒻三〇グラム、大根四〇グラム、人蔘二〇グラム、里芋三〇グラム、長葱一五グラム、白菜二〇グラム、厚揚三〇グラム、ごま油、天塩、正油、だし汁（昆布二グラム、椎茸二グラム、

削り節〇・五グラム）

〈作り方〉

①蒟蒻は手でち切り塩もみしてよく洗い水を切っておきます。大根、人蔘はいちょう切り、長葱は一センチの長きくらいの小口切り、里芋は皮をむきころ切り、塩でもみ洗いしておきます。白菜は縦半分に切りざくざくと切ります。厚揚は湯でさっと油抜きし、縦三つ割りし五ミリくらいの厚さにスライスします。

②ちぎり蒟蒻を空炒りし、ピチピチと鍋の上ではねるくらいまでよく炒ったらゴマ油少々いれよく炒め、ほかの材料をいれ、だし汁をいれて煮こみます。

③柔らかくなったら塩少々をしょうゆで味つけします。食べるときに七味を少しいれるとよりおいしくいただけます。体も温まります。たぬき汁とは蒟蒻をたぬきの肉に似せて、この名前がついています。ち切り蒟蒻をよく空炒りするのがコツです。

〇五目きんぴら

〈材料〉一人分

ゴボウ三〇グラム、人蔘二〇グラム、蓮根二〇グラム、糸こんにゃく三〇グラム、ピーマン一〇グラム、だし汁（昆布、椎茸、削り節）、胡麻油、醤油、味の母、七味唐辛子、白ゴマ

〈作り方〉

①ゴボウ、人蔘はよく洗い、五センチ長さくらいのタンザク切り、ピーマンはフタだけをとり二つ割りして種ごとせん切りします。蓮根は洗ったら皮のままいちょう切りにします。糸こんにゃくは塩でもみよく洗って水切りしておきます。

②フライパンに①の糸こんをいれてよく空炒りし、ゴマ油をいれ、ゴボウと蓮根をいれよく炒め、だし汁を少しいれて、蓋をして煮ます。少し柔らかくなったら人蔘をいれ炒め煮し、だしをとったあとの昆布、と椎茸のせん切りをいれピーマンをいれて緑色が変わらぬうちに調味料をいれて味を整えます。最後に白ごまと七味唐辛子少々をふりかけていただきます。刺激物のいけない方はひかえてください。

緑黄色野菜は脂溶性のビタミンが多く含まれるので、油で処理するとおいしいばかりでなく栄養効率がよくなります。

またゴボウは玄米についで毒素の排泄力が強く、解毒作用があるので食養の方でも貴重な食品として扱われています。とくに秋から冬にはゴボウもおいしくなります。大いにいただきたいものです。繊維があるので腸の働きをよくします。

蓮根と気管支系統の食養料理として欠かせない食です。それぞれ皆大事な役目を果していま す。食品の相乗作用、自然のいとなみの不思議さ、偉大さにうたれます。

○蒟蒻の木の実あえ

〈材料〉一人分
蒟蒻五〇グラム、塩ひじき二〇グラム、胡桃二〇グラム、ゴマクリーム一〇グラム、醤油少々、さやいんげん一〇グラム、味の母少々
〈作り方〉
①蒟蒻は半分の厚さにし、縦二つ割りして線切りします。塩少々いれた湯でさっとゆがいて水切りしておきます。塩ひじきは水につけて塩出しし、さっと湯に通してさましておきます。さやいんげんはさっと茹でておきます。胡桃はすり鉢でよくすり、ゴマクリームを混ぜ合せ、醤油、味の母少々で味を整えます。
②材料をあえて、盛り合せた上にいんげんのせん切りを一つまみのせます。木の実は不飽和脂肪酸を多く含み、陽性な食べものです。

〇大学いも
〈材料〉一人分
さつまいも一〇〇グラム、黒砂糖一〇グラム、ごま五グラム、揚油、天塩
〈作り方〉
①さつまいもは水で洗ったら皮つきのまま大き目の乱切りにします。黒砂糖はひた水でとかし、あめ状に煮つめておきます。ごまは炒っておきます。

②さつまいもを油で空揚げし熱いうちにあめにからめ、ごまをまぶします。さつまいもは昔から女性の好物とされていました。寒いときの石焼芋などはとくにおいしいものです。さつまいもはほどほどにいただけば繊維があるので、腸にシゲキを与えて便秘治しにもよろしいかと思います。

できあいも売っていますが、せめてかんたんにできますので、甘味をおさえた手づくりおやつをご自分でつくってください。

根菜類をたっぷり使った冬の健康食

根菜料理で健康管理を

秋から冬にかけての季節はとくに根菜類がおいしくなります。大根、人蔘、里芋、蓮根、ゴボウ、蒟蒻、思っただけでも豊かな気分になります。寒いときの健康管理には欠かせない自然の恵んでくれた野菜たちです。

身土不二の原則で、寒いときには体を温めてくれる根菜類を中心にして有色野菜（緑黄色野菜）、小魚貝類、海草、植物性蛋白質（豆と豆製品、小麦のグルテン質）などバランスよくいただき、果物、生野菜は控え目にして体を冷やさないような食生活をすることが大切です。とくに大根や里芋は野菜の王様です。

ダイコンドキの医者いらずという言葉があるほど料理に食養に幅広く活用されています。大根や里芋料理は体が温り、風邪をひいたときの大根湯や、いも湿布（いもパスタ）などは食養の面では欠かせない手当法です。この食べ物の効用は現代の分析栄養学では解明し切れない不思議な部分があります。

この自然の恵みを素直に受いれてありがたくいただき、食べ物と心と適度の運動の三つがよく調和されていることが健康の条件です。いつもながら一日一回は汗をかくことがとくに大切だと思います。

○ほうとう

ほうとうは昔、武田信玄公が賞味したといわれ、山梨県、群馬県、栃木県など、海なし県に郷土料理として残っています。わたしも子どものころから地粉で手打うどんを打ち、毎日夕食は季節野菜をたっぷりいれたほうとうのおきりこみをつくるのが日課でした。寒いときにフーフーしていただく味は抜群でした。

ほうとうはめんを茹でる操作をせずに、手打うどんを直接野菜と煮込んだ汁にいれていただくのが特徴です。そのため、場所によってはお好みで「おきりこみ」という別名もあります。味つけはお好みで味噌と醤油とどちらでもけっこうです。

〈材料〉一人分

めん地粉七〇グラム、天塩少々、豆乳三〇グラム、南瓜二〇グラム、さつまいも二〇グラム、じゃがいも二〇グラム、さといも二〇グラム、大根二〇グラム、人蔘一〇グラム、白菜二〇グラム、ねぎ一〇グラム、椎茸一枚、油揚げ五グラム、味噌一五グラム、ごま油少々、だし（昆布、椎茸、削り節）

〈作り方〉

・麺

①天塩を豆乳に溶かします。
②地粉の中央をくぼませて①を加え、もみこむようにしてまとめ、耳たぶくらいの固さにこねます。
③ぬれぶきんをかけてしばらくねかせます。
④打ち粉を振りかけた台の上に③を取り出し、てのひらで押え、めん棒で巻きつけて伸ばし、三ミリくらいの厚さに仕上げます。
④両面に打ち粉をたっぷり振り、切りやすい幅に折りたたんで、小口から好みの太さに切ります。切ったら軽くほぐしておきます。
・汁
①南瓜、さつまいも、じゃがいも、大根は一センチ厚さのスティック状に切ります。
②里芋は塩でよくもみ洗いしてぬめりを取り、一センチくらいの輪切りにします。
③人蔘はうすい半月かいちょう切りにします。
④白菜は三センチ長さのざく切り、椎茸はせん切り、油揚げは湯でサッと油ぬきしてせん切りに、ネギは小口切りにします。
⑤野菜をゴマ油で手早く炒めだしをいれて煮ます。
⑥野菜が柔らかくなったら下味をつけ、手打うどんをいれます。うどんが煮えたらもう一度味かげんを見て火を止めます。

⑦余熱でちょうどよいかげんになります。薬味をそえていただきますとおいしさが増します。
ほうとうを食べるととても体が温まり、少しぐらいの風邪は吹き飛んでしまいそうです。また夏場にはきゅうりやなすなどの夏野菜をいれて、汗をかきかきいただくのも格別です。

○根菜みそおでん

冬の寒い日、屋台をひいたおでん屋さんが、チリリチリンとベルを鳴らしながら毎日売りにきました。蒟蒻を三角に切って竹串にさし、湯気の立った鍋からとり出してあまみそをつけてもらい、こたつの中でおいしくいただきました。これは子どものころのおやつの一つでした。毎日おでん屋さんがくるのが楽しみでした。「おでーんあったかいみそあまい……」おじさんの声が耳元に残っています。幼き冬の日の田舎の風物詩でした。

〈材料〉一人分
大根五〇グラム、人蔘三〇グラム、里芋中一個、蒟蒻三〇グラム、がんもどき小一個、焼豆腐四分の一丁、昆布三センチ、椎茸一枚、みそ二〇グラム、味の母五グラム、柚子皮少々、自然塩少々、醤油少々

〈作り方〉
①蒟蒻は三角に切り塩でもみ洗いし、湯通ししておきます。大根は三センチの輪切りまたは半月切り、里芋は塩でよくもみ洗いしておきます。人蔘は一センチくらいの輪切り、椎茸はぬる

ま湯にひたします。
②鍋に昆布を敷いてたっぷりのだしをいれ、野菜をいれぐつぐつと煮込みます。やや煮えたら焼豆腐とがんもどきをいれます（がんもどきは湯で油抜きしておきます）。
③みそにだし少々いれのばし、火にかけて味を整えます。
④材料が煮えたらみそだれをつけてあたたかいうちにいただきます。竹串にさしてもたのしいものになります。油と天塩でうす味に煮込んだ煮込みおでんもよろこばれますので、そのときに応じて工夫してみてください。

○大根の菊花酢合え
〈材料〉一人分
大根五〇グラム、黄菊三輪、自然塩少々、酢五グラム、味の母三グラム、醤油少々
〈作り方〉
①大根は五センチ長さのうすいたんざく切りにして天塩をふり、しばらくおいてしんなりさせます。
②菊の花はしんの固い部分を残し、まわりの花だけを外し酢を少量いれた熱湯にいれ、さっと茹でて水にとってさらします。
③酢、天塩、味の母、醤油少々を混ぜあわせ、しんなりした大根と菊の花の水気をよくしぼっ

てあえます。菊の葉をそえて盛りつけますと色どりもよくなります。

○いきなりダンゴ

〈材料〉一人分

ミックスパウダ五〇グラム、しそもみじ五グラム、豆乳二〇グラム、さつまいも五〇グラム、自然塩少々

〈作り方〉

①ミックスパウダーにしそもみじを混ぜ、豆乳をいれて耳たぶくらいの固さにこねます（水分ば調節してください）。ぬれぶきんをかぶせてしばらくねかせておきます。

②さつまいもは五ミリくらいの厚さの輪切りにして両面にかるく天塩をふります。

③④の皮を小さく千切って手でのばし、輪切りにしたさつまいもを包んで蒸し器で約一五分くらい蒸します。たいへんに簡単にできて、しかもさつまいもの素朴な味をそこなわず、ゆかりの味とよくマッチします。

寒い冬にそなえる冬至料理

冬至料理に憩いを

暑い寒いといいながら一年はあっというまに経ってしまいます。師走二二日は冬至、冬の至来を感じます。初冬の淡い陽差しに木枯は身にしみます。

一年のしめくくりのせわしない月ですが、せめて冬至の日ぐらいは〝柚子湯〟につかり、ほのかな柚の香りに包まれて束の間のささやかな憩いと、冬至料理を楽しみたいものです。

「冬至に南瓜を食べれば中風にならない」と、昔から南瓜を食べる風習がありますが、寒くなって野菜不足のおりに栄養を補給するための知恵なのです。

霜が降りるころになると、野菜類は身がしまって、あまみが増してたいへんおいしくなります。とくにカブはあまみが増して、いちばんの食べごろとなります。八百屋さんの店先には日本各地のいろいろなカブが並びます。煮物、蒸し物、漬け物、そのほかいろいろな料理を楽しんでください。

カブの葉はミネラルやビタミンがたっぷりですから、捨てないで利用しましょう。一物全体食とはそういうことです。みそ汁の具や漬け物のほか、雑炊にしてもいいでしょう。

○かぶの吹き寄せ煮

小かぶ一個、里いも一個、にんじん二〇グラム、れんこん二〇グラム、椎茸一枚、さやいんげん一〇グラム、うずら卵一個、ぎんなん三個、だし汁（昆布、椎茸、かつお削り節）、柚子せん切り少々。自然塩、醤油、味の母、酢、葛粉

〈材料〉一人分

〈作り方〉

①小かぶは葉をとり、大きいものは二つまたは四つ割りにします。

②里いもは皮をむき、面とりをして塩でもみ洗いしてぬめりを取っておきます。

③にんじんはモミジの葉の形に抜いて五ミリ厚に切ります。

④れんこんは五ミリ厚さに切って、週囲の穴にそって花形に切り、酢水にさっとつけてあげておきます。

⑤椎茸はぬるま湯につけてもどし、石づきをとって背中に包丁で十文字をいれます。

⑥さやいんげんは筋をとり、塩少々を加えた熱湯にいれて堅めにゆでます。

⑦うずら卵は熱湯で五～六分ゆで、水の中で皮をむいておきます。

⑧ぎんなんは鬼皮を除いて塩ゆでし、うす皮をとります。

⑨鍋にだし汁をいれ、味の母醤油、自然塩を加えてから下ごしらえした①～⑦の材料をいれて落し蓋をし、静かに煮込みます。かぶが柔らかく煮えたら皿に盛りつけ、残り汁に葛粉を加え

てかけ、最後にぎんなんと花人蔘、柚子のせん切りを添えて食卓へ。

ぎんなんは冷え症の食養によく使われます。ゴボウ、栗、松茸、えび、高野豆腐、たけのこなど、季節ごとに材料を工夫して楽しんでください。

○菊花かぶ

〈材料〉一人分

小かぶ一個、自然塩、赤唐辛子、甘酢、酢、味の母、赤梅酢少々、柚子皮せん切り少々

〈作り方〉

①小かぶは葉を切り落とし、かぶの前後に割箸をおいて包丁で縦横に細かく切り目をいれます。

②かぶをひたひたの塩水（水1カップに自然塩大さじ一）につけ、押し蓋をしてしばらくおきます。

③かぶの水気を切り、甘酢をかけて押し蓋をして漬け込みます。

④味がしみたら軽くしぼって菊の花のように形づくり、中心に赤唐辛子の小口切りを飾り、柚子のせん切りをあしらいます。赤梅酢に一部分を漬けて紅かぶにしても楽しいでしょう。

梅酢は梅の薬効と自然塩の薬効の両面からの解毒作用がありますから、食卓の調整役として非常に有益です。

○デコレーションケーキ

〈材料〉直径二〇センチ、高さ六センチ）

・スポンジケーキ

無漂白薄力粉一カップ、胚芽粉……四分の一カップ、本葛粉大さじ二、有精卵五個、紅糖（粗精糖）……二分の一カップ、ハイプラスマーガリン大さじ一、豆乳大さじ二、レモン汁少々

・デコレーション

扁平胚芽、季節の果物

・クリーム

有精卵白四個、ハイプラスマーガリン一カップ、紅糖または粗精糖、蜂蜜二分の一カップ、ホッティー適量

〈作り方〉

①小麦粉、胚芽粉、本葛粉はあわせてふるいにかけます。

②卵黄をボールにいれて湯せんしながら泡立てます。粗精糖四分の一カップを少しずつ加えながら白っぽくなるまで泡立てください。

③卵白はボールにいれて湯せんしながら泡立て、レモン汁一～二滴と残りの粗精糖を加えて角の立つまで泡立てて、こしの強いメレンゲを作ります。

④②のボールにふるった粉をいれてヘラで手早く混ぜ、ハイプラスマーガリンと豆乳を加えま

す。

⑤③のメレンゲを加えて、ヘラで切るようにざっくりと混ぜあわせます。

⑥用意の型に流し込み、底をトントンと軽くたたいて空気を抜きます（型に内側にハイプラスマーガリンを塗りパラフィン紙か和紙をしきます）

⑦オーブン（一八〇度）で約二五分、中央に竹串を刺してみてタネがくっつかなければ焼きあがりです。型から出して水ハケでケーキの底とまわりを少ししめらせて紙をはがします。

⑧スポンジケーキがすっかり冷めたら包丁で横二つに切り季節のフルーツなどをスライスしてサンドします。

⑨まわりの面にクリームを塗り、扁平の小麦胚芽や木の実の砕いたものを散らします。絞り袋でクリームを絞り出してデコレートします。

※クリームにチョコレートや抹茶（緑）、卵黄（黄）、南瓜、葛などいろいろありますが、今回はホッティー（タンポポコーヒー）を使用します。

⑩土台ができあがったら季節の果実を飾ります。

・クリームの作り方

①ボールに卵白をいれて湯せんしながら泡立て、レモン汁一～二滴加えて強く泡立て、湯からおろして冷めるまで泡立てます。

②ハイプラスマーガリンとホッティーを加え、さらに角が立つほどにしっかりと泡立てます。

マーガリンは少しずつ加えた方がきれいなクリームが仕上ります。
※動物性のものや脂肪をたくさんとれない方は、葛粉と豆乳でクリームをつくってもいいでしょう。そのほかいろいろ工夫しておいしいケーキをつくってください。

手作り食養おせち

おせち料理と七草粥

年越しそばをいただいて除夜の鐘をきくと新しい年が明けます。お正月のおせち料理と七草粥は日本の伝統食（行事食）です。おせち料理はお節供料理の略で、古くは五節供、一月七日若菜の節供、三月三日桃の節供、五月五日菖蒲の節供、七月七日星の節供、九月九日菊の節供を季のかわりめとして、神前に食物を供えて平安を祝ったものでした。

一の重は口取りといって、きんとん、田作り（ごまめ）、黒豆などの甘みのあるもの、この二の重はコハダの酢じめ、なますなどの酢のもの、三の重は鯛やぶり、えびなどの焼きものや揚げもの（海の幸）、与の重は煮しめ、昆布巻などの煮物（畑の物）それぞれに健康、五穀のみのり、おめでたい意味が含まれ、保存食としてこれをいただき、正月三が日は骨休めをするというわけです。

また鑑賞用の秋の七草に対して緑に乏しい寒中にたべられる草を選んだのが春の七草です。セリ、ナズナ、ゴギョウ（母子草）、ハコベラ（ハコベ）、ホトケノザ（コオニタビラコ）、スズナ（かぶ）、スズシロ（大根）これが七草。正月の朝、七草粥をいただけば万病なしといわれています。身近な青菜で七草粥をつくりごちそうに疲れた胃をいたわるよう配慮されているすばらしい祖先の生活の知恵です。お正月料理をいただいて一年の計を立ててください。

○大豆きんとん

〈材料〉四人前

さつまいも（黄色いもの）五〇〇グラム、大豆一カップ、ハチミツ一カップ、自然塩小さじ一、味の母大さじ二、レモン汁少々、昆布のつけ汁

〈作り方〉

①大豆は一晩水にひたして、ひたひたに昆布のつけ汁をいれて圧力釜で一〇分くらい煮て、充分柔らかくなったらハチミツを加え（三分の一カップ）て煮あげます。

②さつまいもは二つ〜三つ割りにして皮をつけたまま蒸します。皮をむいて熱いうちに裏ごしにかけます。

③②を鍋にいれ、レモン汁、残りのハチミツ、味の母、天塩少々をいれ、弱火でよく練りあげ、①を加えてよく混ぜ合せ、火を止めます。

④冷たい器に移してあおいでさますとつやが出ます。黄色いさつまいもがなければ南瓜を使用してもきれいです。

○ロールなます

〈材料〉四人前
大根中一〇センチくらい、柚子一個分、昆布一〇センチ、甘酢、ハチミツ大さじ二、自然酢二分の一カップ、天塩……小さじ一
〈作り方〉
①大根は二～三ミリの輪切りにして二、三日陰干ししてしんなりさせます。柚子の皮は白身をつけないようにむいてせん切りします。昆布は水に浸してもどしたものをせん切りします。
②大根は、柚子と昆布のせん切りをしんにしてくるくるとしっかり巻きます。
③分量の甘酢を一度煮立てて冷まし、②を器にすきまなく並べてその上からひたひたにかけてねかせておきます。柚子のしぼり汁も加えましょう。しんには無農業みかんの皮のせん切りをいれてもよく、七味を少し使用すれば味がぴりっとしておいしくなります。

○紅白かまぼこ
〈材料〉四人前
白身魚五〇〇グラム、天塩大さじ一、味の母大さじ一、紅糖大さじ一、卵白小さじ二、葛粉大さじ一、紅花色素少々
〈作り方〉
①皮と骨を除去した白身魚をすり鉢にいれてよくすり、すりつぶします。原料の三パーセント

（海水の濃度）にあたる塩をいれ、味の母、紅糖、卵白、葛粉を加えてさらにねりの出るまでよくすりつぶします。

②熱湯消毒したかまぼこ板の水気をとってすり身を乗せ、丸く成型してラップでしっかりと包み、蒸し器にいれて中火で約二〇分くらい蒸します。板がなくてもラップできちんと包んでできます。

③蒸しあがったらラップを外し、冷水にいれてから取り出します。

すり身に紅花色素をいれたものを作り、紅白かまぼこにするのもよいでしょう。また海草をいれてミネラルかまぼこにしたり、バリエーションをたのしんでください。

○田作り

〈材料〉四人前

ごまめ一〇〇グラム、醤油大さじに、味の母大さじ二、赤唐辛子一本、自然酒大さじ二、紅糖大さじ一

〈作り方〉

①ごまめは金ザルにいれてよくふるい、ごみを落とします。

②赤唐辛子はタネを除いて細かい小口切りにします。

③　厚手の鍋にごまめをいれて火にかけ、ポキンと折れるくらいまで弱火でじっくり炒ります。

④別の鍋に紅糖、醤油、酒、味の母をあわせて煮立て、炒ったごまめと赤唐辛子を加えて手早く混ぜてよくからませます。冬はとかくミネラル不足になりがちですから一品そえるのもいかがと思います。

○南瓜の伊達巻

〈材料〉四人前

有精卵……五個、地粉一カップ、南瓜三〇〇グラム、天塩少々、白ごま少々、味の母、大さじ二、ハチミツ少々

〈作り方〉

①南瓜は生のものでしたら皮をとり（皮は金平にしていただく）、身の部分だけ蒸してから皮をこそげとります。冷凍ものは蒸して皮をとる（皮はコロッケなどの具にする）。

②地粉は天ぷらの衣くらいに水どきし、卵を割りほぐしていれ、①を加えてよく混ぜてどろとさせ、白ごま、ハチミツ、味の母、天塩をいれ味を整えます。

③卵焼き器を熱し、油をよくなごませてから②を一度にいれ弱火で焼きます。表面が少しかわいてきたら裏返します。両面に焼き色がつき、指で押して弾力性が出てきたら焼きあがりです。またオーブンで焼く場合は、あらかじめ一五〇度くらいに熱し、天板か弁当箱（金属性）に油を全体によくぬり、材料を平らに流します。竹串をさしてたねがつかなければ焼きあがりです。

④熱いうちに巻きすにとって手前からかるく巻き、ひもでしっかりとしばります、輪ゴムで三か所くらいにとめてもよいでしょう。
⑤冷めてから一センチくらいの厚さに切ります。

○七草梅雑炊
〈材料〉四人前
玄米一カップ、だし汁（昆布、削節）五カップ、野菜、梅干し、天塩、醤油
〈作り方〉
七草を揃えるのは無理なので、かぶ、大根、せり、セロリ、人蔘、しめじまたはえのき茸など季節の野菜や残り野菜を刻みこみ、圧力釜で炊いた玄米飯と、梅干しを刻んで加え、とろ火でぐつぐつたっぷりのスープで煮込みます。
柚子やのりのせん切りなどをあしらえばさらにおいしくいただけます。胃袋を保護し、バランスのとれた最高の食事です。よく噛んでいただくことを忘れないでください。また若い人のためには、餅をいれて力雑炊にするのもよいでしょう。

受験生の夜食

清涼飲料類は厳禁

受験生にとってつらい季節がやってきました。最後の追い込みが明暗をわけるともいえます。しかし、いくらがんばっても体調を崩してしまったのではなんにもなりません。これからは勉強と同時に、体調にもより気をつけなければならないのです。

よく問題となるのが受験生の夜食です。重すぎるとお腹にもたれてしまいます。栄養補給だけではなく、身心の緊張をときほぐす役目を加味した創造的な夜食をつくってあげなくてはなりません。人間はハングリーの状態の方が頭はさえるといわれています。豪華な夜食でなくても緊張をときほぐす一杯の番茶の方かよいこともあります。ただ、食べること、つくることは格好の気分転換になります。いつもお母さんがつくるのではなく、たまには受験生自ら台所に立ってみるのもよいでしょう。

自分にあった自由な発想が大切です。料理によっては、あらかじめ半調理して用意しておけば、家族の手をわずらわさなくてもすむわけです。特別扱いをするのは、本人の負担ともなり、決していい結果とはなりません。

さて夜食は、なによりも消化のよい軽いものにします。ビタミン、ミネラルを充分に考慮します。インスタント食品（ラーメン類）や清涼飲料水（ジュース、コーラなど）も体調を崩す元凶となりますから避けましょう。

（飲みもの）

○浄血ジュース

〈作り方〉

梅肉エキスを茶さじ二分の一ほど湯呑茶わんにいれ、八分目ほど熱湯を注いでとかします。それにハチミツまたは果汁酵素など少量いれてもよいでしょう。冷たいのがほしいときに、少し濃い目にといて氷片をいれてお飲みください。

○梅生番茶

〈作り方〉

梅干一個を湯呑み茶わんにいれ、熱い番茶を注ぎ箸でよく梅肉をほぐします。それに生ショウガの卸し汁と醤油を少々いれて飲みます。これば気分のさえないときや、風邪気味のときにとくによろしいかと思います。冷え症にもよく効きます。

○タンポポコーヒー

〈作り方〉

ホッティーやヤンピーを茶さじ山盛り一杯ほどコーヒーカップにいれ、熱いお湯を八分目ほど注ぎます。少し濃い目にいれるのがコツです。

○豆乳

〈作り方〉

手造りの豆乳が一番です。大豆ワンカップを前夜水にひたし、朝ミキサーにかけ、三倍の水を足してわかして木綿の袋でこします。絞り汁が豆乳で、残ったものがおからです。豆乳に天塩ひとつまみほどいれてわかして飲むとおいしく本物の豆乳がいただけます。絞りかすはうの花炒めにするとおいしく食べられます。

（料理）

○グルテンの水餃子

〈材料〉一人前

グルテンバーガー五〇グラム、タマネギ四〇グラム、ニンニク少々、ニラ一〇グラム、くず粉三グラム、ゴマ油大さじ一杯、自然塩、胡しょう、レモン汁、醤油、味の母少々

〈作り方〉

①玉ネギ、ニンニク、ニラ、キャベツをみじん切りにします。
②①を油で炒めグルテンバーガーをいれてよく混ぜ、卸し生ショウガ、塩、胡しょう、葛粉を混ぜあわせて火を止めます。
③②をさましてから皮につつみます。少し余分につくって冷凍しておけば、いつでも食べられます。
④昆布、椎茸でとった出汁を熱くし、塩、醤油、味の母で味を整え、ふっとうした中に餃子をいれ、浮き上ったら火を止め、酢またはレモン汁などをいれていただきます。

○卵の花入春巻き
〈材料〉一人前
おから五〇グラム、玉ネギ二〇グラム、人蔘一〇グラム、しめじ一〇グラム、長ネギ一〇グラム、生姜汁、七味少々、油揚、春雨五グラム、春巻の皮二枚、紅花油、揚油、天塩、醤油、味の母少々
〈作り方〉
①玉ネギは荒みじん切り。人蔘はいちょう切り、太いのは三等分にしてスライスします。しめじは根元の汚ない部分だけほう丁でこそげとってバラバラにほぐしておきます。長ネギは葉もともに五ミリほどの小口切りにします。油揚げはタテに三等分して三ミリくらいの幅に細切り

します。
②昆布、椎茸、鰹だしのもとをミネラル水につけて、火にかけふっとう寸前に止めて出汁をつくっておきます。出汁をとったあとの昆布と椎茸を細切りにして加えます。
③おからは油をたっぷりいれたフライパンで弱火でじっくりと炒めます。おからがかき混ぜやすくなるまで出汁をいれてよく炒めます。自然塩と味の母をいれてよくねり、最後に醤油で味を整えます。醤油をいれすぎると色がきれいにあがりませんから気をつけてください。
④玉ネギから炒め、具の材料を炒めたら天塩をいれて味を整えます。長ネギは最後にいれます。煮すぎないように。
⑤③と④を一緒にして、よく混ざったら七味と生姜の卸し汁少々いれて火を止めます。
⑤卯の花炒めを少々余分につくっておき、卯の花としていただいてもいいし、卯の花にあきたら、春雨を茹でて三センチほどの長さに切ったものを混ぜあわせ、胡ショウ少々いれて春巻きの皮に包んで油で揚げます。同じ料理でも目先をかえて楽しめます。肉を使わず、植物油で処理してありますから割合さっぱりとおいしくいただけます。

○お好み焼
〈材料〉一人前
キャベツ四〇グラム、長ネギ、人蔘一〇グラム、玉ネギ三〇グラム、せり二〇グラム、切りごま二〇ぐらむ、チリメンジャコ一〇グラム、小麦粉……三分の一カップ、胚芽大さじ二杯、うずら卵一個、水三分の一カップ、天塩小さじ三分の一杯、ウスターソースなど少々

〈作り方〉

①ボールに卵を割りいれほぐします。水をいれて混ぜ、粉胚芽、塩を加えます。

②玉ネギは荒みじん、キャベツは細切り、長ネギは三ミリほどのスライス、人蔘は細切り、せりは二センチほどに切り、しめじは根元の汚ない部分だけこそげとり、バラバラにほぐします。ジャコはさっと水洗いして、水気を切っておいてください。

③①と②を混ぜあわせ、フライパンに油を敷き、おたまですくっていれ、両面を焼きます。

④焼き上ったものにソースや青のりをふっていただいてもよいでしょう。季節の野菜をたくさんいれ、また貝類などいれても楽しめます。ひじきなどの海草もミネラルが豊富ですからいれてみてはいかがでしょうか。ミネラルは体のバネのもとになりますから、大いにいただいてください。また、小麦粉にハトムギ粉やソバ粉を混ぜても結構です。

○ゆかりのホットケーキ

〈材料〉一人前

ミックスパウダー一〇〇グラム、胚芽一〇グラム、ゆかり（しそもみじ）五グラム、有精卵一個、豆乳三分の一カップ、粗精糖大さじ二分の一、マーガリン、蜂蜜、油少々

〈作り方〉

①ミックスパウダー、ゆかり、胚芽を混ぜてふるいにかけます。

②ボールに卵をいれ、粗精糖をいれて豆乳を加えて、よく混ぜあわせ①の粉を加えます。

③フライパンに油を敷いて②をいれて焼きます。

④マーガリン、蜂蜜をそえます。あまり甘味をとりすぎないように気をつけてください。タンポポコーヒーなどを一緒にいただくとよいでしょう。

そのほかにスパゲッティーやうどん、そばなどのめん類の料理などいろいろありますが、お好みにあわせて工夫してください。

要は食べすぎないことと、食べ物の条件を少しでもよくしてバランスのよい食事をすることです。そして適当に体を動かして身心のバランスをとるように心がけてください。

夜食をするとき、最も注意しなければならないのが飲みものです。コーヒー、コーラ類は厳禁です。

弥生の行事食

行事食はやさしい心を培う

三月はひな祭りとお彼岸という行事があります。三日のひな祭り（桃の節句）は五節句の一つで平安時代から女子の歳事として庶民に親しまれてきました。柔らかい和紙で一つ一つていねいに包んであるおひなさまを箱から出して母とともに緋もうせんのひな段に飾り、おひなさま料理をいただいた楽しい思い出は生涯心の糧として残っています。外気は冷たくてもなにか心はずむうきうきした思いでした。

雪の白と草の新芽の緑と桃の花の紅色の三色を現した菱形餅も、ひな祭りには欠かせないものです。弥生の季節の状景を現わした昔の人の情緒が伺えます。

季節は知らぬまに移ろい行くもので、厳寒の冬のうちからすでに自然は春の気を含み用意されています。暑さ寒さも彼岸までといいますが、お彼岸に先祖や肉親、縁者など、かかわりのある人を思い出して彼岸料理を供える心のゆとりを持ちたいものです。核家族の今日だからこそとくに必要ではないでしょうか、菱餅や彼岸団子などにヨモギが使われますが、昔から薬草として疫病や邪気払いに利用されてきました。

寒いとざされた冬から躍動する春への季節の一つの節目として、また日常生活の中でも、このような行事食はやさしい心を培い、人間の情操教育にもつながりますので、大事にしていきたいものです。

○湯葉の茶巾ずし

〈材料〉四人分

玄米三カップ、自然酢三分の一カップ、天塩小さじ二分の一カップ、味の母大さじ二杯、干椎茸四枚、絹さや八枚、人蔘二分の一本、白ごま大さじ三杯、のり二枚、昆布、椎茸のだし汁、醤油、味の母、赤かぶ少々、かんぴょう二メートル、芝海老八尾、湯葉大判四枚

〈作り方〉

①玄米は控えめのミネラル水で一つまみの天塩をいれて炊きます。

②干椎茸はもどしたものを石づきをとり、つけ汁、味の母、醤油をいれ柔らかく煮て、細かく刻みます。絹さやはさっと塩茹でして細切りします。人蔘は三センチのせん切りにし、だし汁、味の母、天塩少々でさっと煮ます。白ごまはこがさぬように炒り、切りごまにします。のりに軽くあぶり、もみのりにします。

③かんぴょうは塩でもみ洗いし、だし汁、醤油、味の母で固めに煮上げます。

④芝海老は背わたをとら、カラを除いてさっと塩ゆでに。

⑤湯葉は戻しておきます。

⑥赤かぶは細切りして塩少々まぶします。
⑦玄米が炊けたらあわせ酢をして木杓子で切るように広げながら、片手でうちわであおいで水分をとばすとてりが出ます。具と切りごまをいれて木杓子で混ぜ、さめてからもみのりをふって混ぜます。
⑧茶巾ずしをつくります。四角の湯葉を左手の上に広げ、まるめたすしめしをのせ、四隅を右手でひだをとるように畳んでかんぴょうで結び、芝海老をのせます。
⑨器に茶巾ずしを盛り、赤かぶを添えます。

〇あさりのうしお汁
〈材料〉四人分
あさり一二個、昆布一〇センチ、かいわれ大根少々、天塩、醤油、自然酒少々
〈作り方〉
①あさりはよく洗いミネラル水にだし汁、昆布を加えて火にかけます。沸とうしたら表面に浮いたアクをおたまですくいとります。(昆布は沸とうする直前に取り出します)。
②あさりの口があいたら、塩、醤油で味を整え火を止めます。
③椀にあさりをいれ、熱い汁をいれてかいわれ大根少々を添えます。本来は蛤でやるのですが、あさりでいただいても経済的でおいしいものです。かいわれ大根は自分でつくるとよいでしょ

う。また芹の根を捨てずにミネラル水につけておきますと芽が出てきますので、ちょっとしたあしらいの野菜として再利用できます。

○菜の花とひじきの白あえ

〈材料〉四人分

菜の花一束、ひじき（乾）五グラム、人蔘……小一本、豆腐一丁、白ごま大さじ一杯、味の母白味噌

〈作り方〉

① 菜の花は固い茎の部分は切り捨てて塩茹でにして水を切り、よく冷えたら穂先を揃えて水気を絞り、三センチくらいの長さに切ります。ひじきは水にもどし天塩少々いれてさっと茹で水気を切っておきます。人蔘は五センチくらいのタソザク切りにしてさっと塩茹でしておきます。

②白ごまを上手に炒り、すり鉢で油の出るくらいまでよくすりつぶし、その中に水切りした豆腐（一度煮立ててから布巾に包んで水を絞る）を加えてすり、白味噌一割いれてすり混ぜ、味を整えて具を和えます。とくにひじきはカルシウムが多く含まれ、海草はミネラルの豊庫です。

○さくらもち
〈材料〉一五個分
小豆一カップ、黒砂糖二分の一カップ、天塩少々、桜の葉一五枚、京人蔘か赤かぶ少々、地粉一カップ、餅粉大さじ二杯、水一カップ
〈作り方〉
①小豆は昆布を浸したミネラル水で柔らかく煮て、お好みで黒砂糖または蜂蜜を加えて練っておきます。塩あんにしてもさっぱりとおいしくいただけます。そのほうが体にはよいでしょう。
②塩漬の桜の葉は水で洗い、一度蒸したほうが香りがよいです。
③皮は地粉一カップ、餅粉大さじ二杯に水一カップ加えてよく混ぜ、フライパンに油をひいてお玉杓子で適当の大きさに薄くのばし、両面をこがさないように焼きます。
④おだんごにまるめたあんを皮に包み、桜の葉の裏が表になるようにして包みます。ピンク色の皮は京人蔘の卸したものを混ぜてもよいし、赤かぶの赤色を使用してもよいでしょう。

○変りひしもち
〈材料〉四人分
寒天一本、百合根玉一個、さつまいも小一本、京人蔘少々、挽茶少々、豆腐二分の一丁、葛粉……大さじ二杯、天塩少々

〈作り方〉

①寒天をよく洗い小さく千切って水につけておきます。

②百合根玉をほぐしてよく洗い汚れをとります。ひたひたのだし汁に天塩少々加えて柔らかく煮て裏ごしします。

③さつまいもは蒸して皮をむき、すり鉢でよくすり、挽茶を混ぜ緑色にしておきます。塩少々で味を整えます。

④豆腐を水切りし、すり鉢ですり、天塩少々加え、その中に京人蔘をすりおろしたものを徐々に色よくすり混ぜていきます。

⑤寒天の水を絞り、鍋にいれ、二五カップの水を加え、その中に大さじ二杯（すりきり）の葛粉を二倍の水でとき加えて煮ていきます。

⑥とろみがついたら三分の一を小鍋にとり、④をいれてよく練り、鍋底に線が描けるくらいになったら流し缶に流して冷します。

⑦⑥の表面が少し固まってきたら③を寒天汁の三分の一に混ぜたものを重ねます。

⑧また、その表面が少し固まるのを待って②を重ねて行きます。表面が固まらないうちに重ねますと色が混じってしまいます。待っている間に残りの寒天汁が固まらないように湯せんしておくとよいでしょう。下段が赤、中段が緑、上段が白と重ねていきます。

手づくりのお弁当で

花の野山へ

先日、小学校の全国統一献立でカレー給食日が設定されました。賛否両論で湧きましたが、これは食事に対する関心を高める一つのきっかけともなり、お米を見直すよい機会だと思います。

ついでに、白米をやめて未精白の米に梅干といった〝日の丸弁当〟にでもした方が、ごちそうを食べ過ぎている日本人にはふさわしいかもしれません。それに〝こめ〟のネウチに対する認識をあらたにする賢明なやり方だと思うのですが。先般食事改善目標を出したアメリカ合衆国の本格的な政府のやり方とは大変な意識のちがいだと思います。昔から日本は〝みづほの国〟といって穀物菜食を主体に魚介類を加えたバランスのよい理想的な食形態でした。

未精白の穀物の胚芽の中にはビタミンBや、ミネラルなど多く含まれています。とくにビタミンEは若返りビタミンといわれ、抗酸化作用があり、老化防止のカギを握っています。また未精白の穀物や野菜の繊維は腸壁をシゲキして便通をよくし、便秘を防ぎ、成人病やガン予防につながります。

おいしい空気、水、輝く太陽、みんな人間にとってもすばらしい食べ物です。たのしい日常生活を手際よくコントロールしてどうぞ手づくりのお弁当で春を謳歌してください。

○おにぎり弁当

〈作り方〉

〈A〉

①玄米、ハト麦、小豆は水洗いして、自然塩一つまみいれ、圧力釜で普通に炊きます。

②炊きあがったご飯を半分にわけ、小さめのおにぎりをつくり、中心に梅ジャコをいれてごま塩をふり、四分の一に切ったのりに包みます。もう半分のご飯は大葉で包みます。

〈B〉

①グルテンミートは一口大に切り、ニンニク一切れ、生姜一切れをおろし、醤油少々に三〇分ほどつけこみます。

②玉ネギもグルテンミートと同じくらいの大きさにぶつ切りします。

③グルテンミートと玉ネギを串にさし、地粉をまぶし、豆乳と胚芽粉いりのとき粉をつけ、パン粉をつけて油で揚げます。

〈C〉

①うずら卵は酢少々をいれて茹で、カラをむいておきます。

②ちぎり蒟蒻はよく洗い、熱したフライパンで空炒りし、ごま油少々をいれて炒め、味の母、

醤油で甘辛く炒り煮します。好みで七味を少しいれるとピリッとしておいしくなります。
③蒟蒻がさめたらつま楊枝にさし、うずらの卵をさしてでき上りです。
〈D〉
①りんごは八等分してシンの部分を切りとり、兎の耳の形に包丁をいれて皮を整えます。
〈材料〉四人前
〈A〉
玄米……二カップ、ハトムギ五分の一カップ、小豆五分の一カップ、自然塩少々、ごま塩少々、のり二枚、大葉八枚、梅干し八個分、ジャコ四〇グラム、醤油少々
〈B〉
グルテンミート二〇〇グラム、おろし生麦三〇グラム、ニンニク一片、醤油少々、玉葱二〇〇グラム、地粉一カップ、胚芽の紛大さじ二杯、豆乳二分の一カップ、パン粉二カップ、揚油適量、梅干し三個、竹串八本
〈C〉
うずら卵八個、ちぎり蒟蒻八個、ごま油少々、醤油少々、味の母少々
〈D〉
レタスかサラダ菜、セロリ二本、りんご一個、自然塩
〈E〉

さつまいも……中一本、自然塩少々、粗精糖少々、揚油四〇グラム
②レタス、セロリなどの生野菜はきれいに洗い、水気を切り、適当な大きさにします。大きめの方がつまんで食べやすいかと思います。
③漬物は野外へ出ると非常においしく感じるものです。普通のたくあんでもみそ漬でも、つぼ漬でも、二、三切れが適量でしょう。
〈E〉①さつまいもは八ミリくらいのせん切りにし油で揚げます。揚げたてのあついうちに塩少々と粗精糖をさっとまぶします。

　ピクニック弁当はつまみやすいようにつくるのが親切です。オーソドックスなおにぎり弁当は意外とおいしいものです。

端午の節句は鯉料理で

風薫る五月の空に緋鯉、真鯉が元気よく泳いでいます。五月五日端午の節句は男の子の節句で、三月三日桃の節句のやさしさとは対象的でとてもたくましい感じがいたします。寒さからすっかり脱皮して本格的な活動期にはいるすがすがしい季節です。

江戸時代の武士は端午の節句を大事な歳事として盛んに祝ったといわれており、菖蒲は尚武に通じるので、この日は菖蒲湯にはいり、また菖蒲とよもぎをセットして屋根に飾ったりします。

菖蒲もよもぎも薬草で魔除けの意味があるようです。身に浴びたり、屋根に飾ったりした昔の人の生活の知恵が伺えます。

鯉は川魚の王様で、鯉が滝を登って竜に出世したという中国の昔話があるように、出世魚としてこれにあやかったため、端午の節句には鯉のぼりを掲げ、鯉料理を食べ出世と健康を祝います。鯉には良質の蛋白質、ビタミン、脂肪が豊富で、とくに造血作用があり、病気の特効薬、食養料理としても貴重な存在です。

〝ちまきたべたべ、兄さんが、はかってくれた背の丈〟といううたが童謡にありますが、柏の葉や笹は天然の防腐剤の役目を果します。先人の知恵にあやかって面倒がらずに手づくりの節句料理をみなさまでたのしんでください。

○兜いなり

〈材料〉四人分

玄米二カップ、だし昆布四センチ、あわせ酢、醸造酢三分の一カップ、味の母少々、自然塩少々、油揚げ八枚、醤油大さじ四杯、味の母少々、自然塩少々、だし汁二分の一カップ、グリンピース二〇グラム、筍一〇ぜログラム、干し椎茸四枚、酢蓮根小二分の一ふし、白ごま大さじ一杯、醤油、味の母、だし汁、赤かぶ四個、自然塩少々

〈作り方〉

①玄米はよく洗い、自然塩一つまみいれ、同量くらいの水とだし昆布をいれて圧力釜で炊き上げます。

②油揚げは包丁の背で軽く叩いて開きやすくし、二つ切り、破れないように袋に開きます。熱湯に通して油抜きします。

③だし汁、味の母、塩、油を煮立てた中に油揚げを一度にいれ、落しブタをして弱火で汁けがなくなるまで煮ます。火からおろし、そのままにして味を含ませます。

④グリンピースはさっと塩茹でしてさましておきます。

○筍は三センチ長さのタンザタ切り、干し椎茸にもどして石づきをとりせん切りします。両方

一緒にだし汁、醤油、味の母で辛く煮ます。れんこんはイチョウ切りにスライスし、だし汁、酢、塩、味の母で煮てそのままさまします。

⑤ご飯を桶にあけ、あわせ酢を一度にかけて木杓子で切るように広げながら、片手であおいで水分をとばして照りを出します。具と切りごまをいれ、木杓子で混ぜあわせます。

⑥すしめしを袋に三角にいれ、袋の端を折り兜の形に整えます。折り目を下にして笹の葉をしいた器に盛ります。

○鯉こく

〈材料〉

鯉中一尾、ゴマ油少々、ゴボウ一〇ぜログラム、みそ……八ぜログラム、番茶少々、自然酒大さじ四杯、味の母大さじ四杯、だし汁四カップ、紛山椒少々

〈作り方〉

①鯉はウロコをつけたままよく洗い、頭を切り落し、エラの四枚目から三枚目あたりにある胆のうをつぶさないように（これをつぶすと大変苦いのです）厚さ二センチぐらいの輪切りにし、よく水洗いして水気を切ります。

②圧力釜にゴマ油少々いれ、ゴボウのせん切りをさっと炒め、平にしてその上にぶつ切りした鯉一尾分を並べひたひたくらいにだし汁をいれフタをし、火にかけ、強火にし、沸とうしてき

たら火を弱め、二〇分くらい煮ます。火を止めて一〇分くらいたったら蒸気を抜きます。玄米を炊く要領と同じに考えてよいでしょう。頭からウロコ、尾、骨まで全物柔らかくおいしくいただけます。一物全体食です。

③蒸気を抜いてフタをとり、だしを少し足し、番茶をサラシの袋にいれて汁の中にいれ、みそをいれ、一緒に煮ます。番茶をいれますと生臭味がとれておいしくいただけます。できあがったらそっと身をくずさないように椀に一切れ、ゴボウと汁をいれ、粉山椒少々ふって椀のフタをします。フタを取った味の香りがなんともいえません。

○新じゃがの炊き合せ

〈材料〉

新じゃがいも（小さめのもの）二〇個、ニンジン中一本、フキ二本、さやえんどう二〇枚、厚揚げ一枚、昆布一〇センチ、干し椎茸中四枚、だし汁二カップ、醬油大さじ四杯、味の母大さじ二杯、天塩少々

〈作り方〉

①新じゃがいもは皮をこそげ落して水でよく洗っておきます。ニンジンは厚さ一センチくらいの輪切りにします。蕗は鍋の長さにあわせて切り、マナ板の上で塩をふり、板ずりしてさっと茹で、筋をとり、五センチくらいの長さに切っておきます。もどした椎茸は中心に包丁で十字

をいれます。厚揚げは湯をかけて油抜きし縦二つに切り一センチくらいの厚さに斜めにスライスします。
②だし汁、味の母、醤油、天塩を合せて鍋にいれて沸とうさせ、じゃがいも、ニンジン、蕗、だし汁をとったあとの昆布を適宜に切ったもの、椎茸、厚揚げをいれて落しブタをしてから約三〇分弱火で煮込みます。煮あがったら器に色あいよく並べ、さっと塩茹でしたさやえんどうの緑を色取りに添えます。

〇柏餅
〈材料〉
玄米粉三カップ、熱湯二カップ、くず粉大さじ一杯、小豆一カップ、自然塩一カップ、未精白糖一カップ、昆布五センチ、みそ一カップ、スィートポテト・マッシュ一カップ、未精白糖二分の一カップ、柏の葉……二〇枚
〈作り方〉
①玄米粉をボールにいれ、熱湯を少しずつ加えて耳たぶくらいの固さにこね、小さくちぎって、ぬれ布巾をしいた蒸蒸し上ったらすり鉢にいれて、すりこぎを水につけ、時どきくず粉をふりいれながらねばりが出るまでよくこねて、均一にちぎります。
②小豆あんは桜餅の味の要領で、生地にあわせて丸く団子をつくっておきます。生地をだ円型

（小判形）にのばしてあんをのせ、二つに折ってあわせ目をおさえ、形を整えます。柏の葉で包んで、蒸気のたった蒸し器にぬれふきんをしいていれ、強火で三、四分蒸します。

市飯のみそあんは白いんげんを使用しています。白いんげん一カップで約二五〇グラムの白あんができますから、白あん一〇〇グラムに大さじ四杯くらいのみそを混ぜてよくねり、カップ二分の一くらいの未精白糖をいれてねりあげます。

あまり甘くしないほうが体によいので、好みで加減してください。塩あんもおいしいものです。白いんげんの代りにさつまいも、カボチャなどを使用しても変った味になります。またてっかみそや、金平の刻んだものなどをいれても健康によろしいかと思います。

生地によもぎをいれて緑色としたり、京人蔘や、紅花色素などをいれてあかい生地にみそあんを包んでもたのしめます。工夫してみてください。

柏の葉は神道に使用するめでたいものであり、この葉に含有されている薬味分には防腐作用があります。昔から小豆あんのときは柏の葉の表を外側に、みそあんのときは裏を外側にしてわけます。

第2章

「あかしや」物語

「あかしや」店一〇周年に思う

月日の経つのは本当に早いもので、「あかしや」は開店して三か月も持たないうちにつぶれてしまうであろうと巷でささやかれているふしもありましたが、なぜか一〇年続いてしまいました。

よく新聞や雑誌の取材で「商売を続けてよかった点はなんですか」と質問を受けますが、わたしはためらわず「お客さまの人脈が宝です」と答えます。

すばらしい方と出会えて、よいかかわりあいを持ち、仕事にプラスさせていただいたり、体の具合の悪いお客さまが健康になっていく姿を見守ったり、お似あいのすてきな男女のカップルが誕生したり、みんながしあわせになっていく姿を見るとうれしくなります。憩いの場、出会いの場、ときにはうさの捨てどころ、こんなな小さな店にいろいろな人生のドラマの展開が見られるのも商売冥利というところでしょうか。

たいしてもうかりもしない店をよくもまあ辛抱強く何年も続けているねえとよく人さまからいわれますが、脱サラの素人のこわさ知らずがかえって幸いしたのかもしれません。

開店資金は銀行からの借り入れ金でスタートしましたから、店の売上げがあろうがなかろうが関係なく返済に追われます。店だけの収入だけではしれておりますので、病院給食の献立指導や、料理講習の出張講師、料理記事の執筆、講演など、収入につながる仕事であれば、店の仕事のかたわら、寸暇を惜しんで睡眠時間ももったいないほど働きました。

「自然食だなんてかっこつけているから採算がとれないんだ、白米にして普通の食事にして、もうちょっとお金もうけしたらどう？　夜は若い女の子を置いて、景気をつけたら客はどんどんくるよ。そうすれば一年もかかれば借金のもとはとれてしまう……」と、こんなことを最初のころはずいぶんいわれたものでした。

しかし、わたしは誰になにをいわれようと、不思議に動揺しませんでした。自分がよいと思うことを一生懸命やっていれば、そのうちなんとかなるんではないだろうか、と極めてのんきに、あせることをしらぬ持ち前のおくて性格がまた頭をもたげるのでした。人はこれを辛抱強いと解釈してくださるようです。

家族も最初は賛成してくれたはずなのに、一日中母親不在のリズムについていけず、しばしば修羅場を演じることもありましたが、あきらめたのか、成長したのか、お互いに外見上は自立の方向に歩んでいるように思います。母親の気持ちが少しは理解してもらえたのかもしれません。

家族を犠牲にして好き勝手なことをしてと批判の声もありましたが、今、せっかちに弁解しようと思いません。人間の評価とはそうかんたんに出るものではないからです。

商売上のことだっらどんなことでもある程度がまんできるのですが、息子が浪人しているときがなによりつらい期間でした。なかなか、方向が定まらないことほどつらいことはない、落ち込んでいる息子を励ましたり、予備校の資金をつくったり、一生懸命に明るく振る舞ってお客さんに接していたつもりでしたが、内包している悩みはかくしようがなく、顔の表情が暗いとよくお客さんにいわれました。

長い浪人生活に終止符を打って、医大に入学できたときは、わたしにとっても人生の春でした。やっと方向づけができた我が子から解放される思いでした。人生の明暗の分かれ道のスリリングな体験を味わいました。

これからがまたひと苦労ですが、精神的な苦労は借金なんかに代え難い思いがいたします。そのほか、筆舌には語りきれないような家庭の問題を抱え、店のことや自分のこと、三つ巴の葛藤にただ祈る日でした。自宅のローンと店のローン、進学のローンなどみんな一緒になって、自ら蒔いた種とはいうものの、息つく暇もなく毎日追われる生活、経済的、精神的に大ピンチでまさに開き直りの人生でした。

無我夢中の月日が経ち、三年ほどしたときに、店の経営状態の収支がトントンになりましたと税務会計事務所の方からいわれてやれやれと思いました。

石の上にも三年といいますが、このころになりますと、お客さまがきてくださるようになりました。お客さま自身もよい店を探していらっしゃるのだなあと思いました。よいお客さまがよい店を育ててくれるのです。

料理は芸術

聖蹟桜ヶ丘駅から約一分。駅前の雑踏をのがれ、多摩川へ通じるあかしや通り（誰れともなく呼んでいる）に、日本人のふるさとを感じさせる店がある。玄米菜食を基本とする自然食の料理の店「あかしや」（渡邉稔子さん）を訪ずれてみました。

「料理は芸術ですよ」。これが渡邉さんの信条である。安くて安全、かんたんにつくれておいしく、しかも盛つけを美しく、全力投球してつくりあげた料理をめしあがっていただくこと、このことをいつも心がけているという。

ここで使われる野菜は、太陽の恵みをいっぱい受けた有機栽培のものだけ。砂糖と化学調味料は一切使わず、薄味で素材の持ち味を活かす。

主食の玄米には、ビタミン、ミネラルなどの栄養素がたくさん含まれているので、おかずには、青菜のおしたし、きんぴらごぼう、おみそ汁、漬物があれば十分に栄養のバランスがとれる。サラリーマンの中には、「あかしや」へきて食事のバランスをとるという人もいて、お客さんの健康を親身に気使ってくれる渡邉さんの人柄がしのばれる。

アルコール類は、はとむぎ焼酎が主であるが、お酒は楽しく生きるための手立てであるので限度を超える手前で、お酒は出さずその代わりに健康茶を出す。

こんな心配りと、どんな材料でも、アイディア一つで見事なごちそうに変えてしまう渡邉さんの聡明さが、人気の秘密のようである。

健康な身体を保つためには、玄米と野菜だけがすべてではなく、柔軟な心と身体で、自由な発想を持ち、自然のサイクルの中で、流れに逆らわず、ゆとりを持って生きることが大切と力説する。

日替わりが楽しみ

「あかしや」は自然食レストランの草分けだ。一九八〇年七月にオープンした。

店内はイス席二つとカウンター席、四人が限度の座敷だけ。カウンターの中で生き生きと働いているのが、女主人、渡邉稔子さんだ。「仕事は楽しくしなくちゃ料理もおいしくできないわよ」とおしゃべりしながら、手は休みなく動く。そしてつぎづぎと料理を並べてくれた。

まず、〝グルテンかつ〟。小麦からとったタンパクを使ったひと口かつ風。植物性タンパクとは思えない。

メンチかつによく似ている。つけあわせは無農薬の生野菜、リンゴ、それにあかしや特製の卯の花炒り。「一番好評なのがこの卯の花炒り。味付けにいっさい砂糖を使っていないの。自然の調味料には甘みがあるので、煮物にも隠し味に自然醸造の味醂を使う程度」。

かつに味噌汁、ぬか漬け、玄米ご飯で定食になっていて七〇〇円、季節のおかず五品前後と食養コーヒー（穀物、野草、ハーブなどでつくったノン・カフェイン・コーヒー）のあかしやグルメ定食は一二〇〇円。日替わり定食八〇〇円（ランチタイムは七〇〇円）など。野菜カレー八〇〇円も人気がある。

季節の野菜や野草を使った献立も、あかしやの特徴。春には、つくしご飯や竹の子ご飯（もちろん玄米）、ノカンゾウのゴマ酢味噌あえ、ツクシ、ヨモギ、アカシヤ、タンポポの天ぷら、秋にはアケビ料理など、日によってなにが出てくるかわからないのがまた楽しい。

夜の部には米と米コウジだけで添加物のはいらない自然酒と、ハト麦焼酎、モルト一〇〇パーセントのビールなどが置いてある。なかでもハトムギ焼酎の健康茶割りが人気がある。

無添加、無農薬の自然食品を使っているだけでなく、どうおいしく食べてもらおうかと、たえず工夫して食べさせてくれるあかしやには、おふくろの味を求め、あるいはダイエットを目的に、昼、夜と通ってくる客が多い。

開店当初は女の経営とあまく見られたか、チンピラ風の人たちに夜遅くまでねばられ、傍若無人ぶりに一般のお客さまのひんしゅくをかって、よいお客の足が次第に遠のいてしまいました。困ったなぁ、なんとかしなければいけない、こんなはずではなかった、自分の理想の店に程遠いではないか、と苦悩の毎日でした。すると「そんなことは最初からわかっていることだ、店を開けばいろんな客がくるのは当然なことだからそんなことをこわがっているようじゃ、店をやる資格はないよ、なにかあったら一一〇番するなり、交番に話すなりすればよい、日本は法治国なのだから心配することなんかない、よいことをしているんだから堂々とやりなさい」とのお言葉でした。

なるほど、その通りだと自分のあまさを反省しました。そしてみなさまのご支援に意を強くした次第です。よきにつけ悪しきにつけ、お客さまから人生を学ばせていただきました。

陰あれば陽、昭和五九年に長女が結婚し、じゃじゃ馬娘を拾ってくださる方があってほっとしました。彼女は小さいときからシャイで芯の強いところがありましたが、彼女が不平不満をいうとき「人間はよい環境の中で立派に育つのはあたりまえなの、大変な中で立派に育つことに値打ちがあるのよ、だから環境に負けずしっかり頑張りなさい」と、よく励ましたものでした。

現在、子連れの母子ペアで出張ピアノ家庭教師を続け、みなさまのご支援をいただきながら社会人の仲間いりをしてがんばっているようです。

「母は強し」の意味が実感としてわかったと、お産したときしみじみ娘がいっていたことを思い出します。思えば感慨深いものがあります。

この世に生まれ出るもの去り行くもの、自然の摂理とはいえ、昭和六〇年の暮れに父が脳梗塞で倒れ、田舎の市立病院に入院致しました。毎日そばで看病したい思いでしたが、この大変なときに店を放り出すわけにもいかず、できるだけ日曜日や祝祭日の店の休業の日に、田舎の病院通いがはじまりました。

しかし、翌年八月一日未明、他界しました。倒れる半年ほど前に二か月ほど我が家に滞在しました。東京の我が家にきたときは、入浴もトイレに行くのもすべて介添えが必要でした。毎日店からホッカホカ弁当箱に詰めて帰り、朝、父に食べてもらいました。最初ためらっておりましたが、そのうち「よく噛んでいただくとおいしいねえ」といってくれるようになりました。

そして、黒い灰汁みたいなマコモ風呂も最初は嫌がっていたのに「とても暖まっていい気分になるよ」と喜んでくれるようになりました。

そして、もう自分はダメだと落ち込んでいる年寄りを精神的に励ましたりしているうちに月日が経ち、いつのまにか気づいてみたらなんとか一人でトイレの用足しくらいはできるようになりました。そしてそのうち元気になったら庭の草むしりや障子の張り替えをやってあげようとまで心がなごんできたのですが、帰巣本能が働いたのか、その冬に田舎に帰って行きました。しかし、わたしの知る限りの父の人生を通して非常に学ぶものがたくさんありました。無欲で他人のために一生懸命生きた父の心の遺産は、わたしの中に生き続けているように思います。

よく店のお客さまにこのころ、顔の表情がとても明るくなりスーっと毒気が抜けたみたいといわれました。やるべきことをやったあとの一件落着の解放感みたいなものがあるのでしょう。もっかのところは精神衛生もよく、仕事に全力投球できありがたいことです。思えば悲喜こもごも、あっという間の一〇年間でしたが、ここまで無事にこられたのもみなさまの暖かいお力添えのおかげと、ただただ感謝の毎日です。

カップル誕生

あかしやの店がスタートしてから一〇年の間に、直接間接に数組の男女のカップルが誕生しました。そしてそれぞれ二世も生まれ、お互いに連絡をとり合って仲よくうまくお付きあいを続けているようです。そのうち、あかしやファミリー大会でもやれそうです。

なんといってもその第一号がT君とHさんのカップルです。

小柄な少年の面影を残す青年が、ほとんど毎日のようにあかしや店に食事にみえるようになりました。口数の少ない静かな青年でした。どういう家の坊ちゃんなのかな思っておりました。若そうに見えるが、落ち着いているし、おっとりしていて軽率さがなく、大人っぽさも内包している感じで、頭がいいのか悪いのかという俗っぽい見当もまるでつきにくい小柄な体にひょうひょうとした不思議な青年でした。

彼は三〇歳、京都の某大学院の福祉科を出て東京のT市（あかしや店の比較的近く）のある福祉施設で指導員をしており、自閉症の子どもや、特殊養護の子どもたちのお世話をしていました。

「子どもたちにあかしやの店のような食事をさせてやりたいなあ、オーナーが年寄りのオバァチャンだから昔の栄養学をふりまわして、肉、卵、牛乳、白米、白砂糖たっぷりの食事で頭が頑固で困ってしまう、どうにもならへんのや」といつも彼は嘆いていました。

休みになると美術館巡りをしたり、立派なカメラを買って鳥を写してきたり、デートする相手もなく、独りで淡々と過ごしておりました。

ときどき「僕ガールフレンドほしいなぁ」というようになりました。

「あなたみたいないい人には、きっとあなたにふさわしいすてきな相手が見つかるわよ。あわてることなんかないわ」という会話を何度か交わしているうちに、ある日、彼はわたしにひょっこりいいました。

「僕はあかしやにいろいろな女性がたくさんくるし、僕に好意を持ってくれる女性がいるのもわかっているけれど、H子ちゃんが一番いいなあ」と。

それからわたしはさりげなく彼女に彼の気持ちを伝えました。そして彼は見かけによらず、内面は非常に男らしいところがあるし、なかなか見どころのある青年だと伝えました。

「あたしなんかだめよ、うんと年上だし、それに年とった母親を抱えているし」と、最初はちゅうちょしていましたが、度重なるデートで、彼の意外な積極性が効を奏してうまく進行したようでした。

彼女は近くの保育園の保母をしており、彼とは同じ福祉関係線上にありました。パンや菓子づくりが好きで、仕事の合間をぬってよく勉強していました。やはり、小柄ですがピチピチした快活なお嬢さんでした。彼女はまわりを明るくする天性がありました。

彼女は彼より七つ年上でしたが、二人を見ていると年の差はまったく感じられません。

京都の彼の母親に結婚したい人がいると話したら、「いいじゃないの、あなたに必要なひとだったら」と、いってくれたそうです。なんとすばらしい母親だろうと思いました。この言葉でH子さんの将来は約束されたようなものです。

今だからわかったのですが、自分がどういう家の人間なのか彼の口からひと言も語られませんでしたが、京都でタクシーに乗って〇〇弁護士の家といえばちゃんと届けてくれるほど有名だそうです。企業の弁護士をしているようで、ときにはテレビのニュースで写ったりするそうです。そこの御曹子だったのです。それをあえていわないところがまた彼のよさともいえるでしょう。

現在は女児に恵まれ、来年小学校にはいる年ごろでしょう。両方の家族が子どもを中心にして和気あいあいで明るく楽しく、幸せに過ごされているようです。

その後、つぎつぎにすてきなカップルが生まれ、みんなうまくいっているようです。その都度、結婚披露パーティの席上、何度「愛の讃歌」を歌ったことでしょう。

あかしやは不思議に善男善女が集まってまいります。今後もきっとよいカップルが生まれることでしょう。みんなの幸せを心に描いていると、わたしの心も自然にほころんでくるのです。やさしい人たちに囲まれて自分も幸せな気分になっていくのです。

赤ちゃんを連れて店に訪ねてこられたりするとうれしくなってしまいます。いつまでもこんな平和が続いてくれればいいなあと思わずにはいられません。よい個人の集合体がよい国家をつくり、よい世界をつくる、もはや地球レベルで物を考えるときにきています。個人や国家単くらいの狭い利害にとらわれていると人類は破滅に向かうだけです。わたしは赤ちゃんの天使のような姿を見るにつけそんなことを思うのです。

トルコキキョウの花束

店をはじめて二~三年ほどしたころでしょうか、朝新聞のチラシにふと目をやったとき、あらっ！　と思いました。この世の中に同性同名の人はいくらでもいるからまさかとは思うけれど、あまりなつかしい名前なので思い切って問いあわせてみました。

チラシの内容は夏休み子供音楽会、オーケストラの演奏会の紹介です。その演出のところに目がとまったわけです。

風化しかかった昔の記憶をたよって電話で話をしたのですが、まさしく昔のボーイフレンドの声でした。ボーイフレンドとはいっても大分年上のお兄さん的な存在でしたが。

多感な青春時代、彼からはじめて、労仂歌の「仕事の歌」を教えてもらい一生懸命歌ったものでした。そのほか、いろいろと学ばせてもらいました。原稿用紙を小脇に抱え、ルパシカを着てロシア青年のような風貌で正義感の強い演劇青年でした。瓢々としてユニークな存在でした。

そして、何十年ぶりの再会と相成りました。相変わらず長身の体にトルコキョウの花束を胸一杯に抱えて現れたのです。「生まれてはじめて女性に花束を贈る」と、彼は少々てれくさそうでした。わたしも生まれてはじめて心のこもった花束をいただきとてもうれしく、なんとなく幸せな気分にひたりました。「あかしや」の店がパーっとほのかな空気につつまれました。

何十年間という年月の空白を感じないほど話にとけこめました。

「君はあのころとあんまり変わっていないねえ、いつでも女学生みたいな感じだったから……。僕は年とったろう、髪は白くてうすくなってきたりしてびっくりしたんじゃない?」などといろいろおしゃべりをして楽しいひとときを過ごしました。そして茶のみ友だちの再会に乾杯!。

たまに遠来の客きたるで、売り上げに協力してくださり、よき友はよきかなとつくづく思います。

居眠り運転

開店しての二、三年は店だけでは採算がとれず、せめて店の経費くらいはと、収入を得るためにいろいろ仕事をしました。

毎日の店の料理材料の買入れ、仕込み、昼の部、夜の部など、一日中こまねずみのように動きまわって働く合間を縫ってのことですから、睡眠不足が重なっていたのでしょう。

そのころは、一日の仕事が終わったらせめて風呂にはいり、パジャマに着替えてゆっくりとふとんの上で休みたいというのがわたしの念願でした。くる日もくる日も疲れた体を休めるいとまもなく、馬車馬のように自分の体を酷使するだけでした。正直いって、疲れを感じているひまがなかったのです。気持ちはしっかり持っているつもりでも、疲労の色はかくせなかったようです。今思うとぞっとします。

仕事の帰りにわたしの後輩が久しぶりに店に寄ってくれました。ゆっくりと歓談の後、深夜女性一人帰るのも心配だったので、ニュータウンの方まで車で送りました。彼女を自宅まで送り、団地を出て広い通りに出て間もなくほっとしたとたんに睡魔に襲われたらしく、気がついたら道路の安全地帯の中にちょこんとおさまっていました。ほんの一瞬のできごとでした。

ハッと思ってまわりを見回すと、バックミラーはもぎとられているし、車内のものが散乱して衝撃のすごさを物語っており、我ながら唖然としました。もちろん車は動きません。しっかりとハンドルを握っている自分がいるだけでした。

キョトンとして運転席にいるわたしの姿を見て、通りがかりのタクシーの運転手さんが、「大丈夫でしたか」と声をかけてくれました。

「ドーンと大きな音がして、後ろから見ていてものすごかったですよ、よく無事でしたね。もう運転している人は即死かと思って通り過ぎたんですけど心配で戻ってみたんですよ、生きているなんて奇跡だなあ、僕は最初幽霊かと思いましたよ」と、びっくり仰天していました。

深夜であるし、車の前方が工事中のコンクリートに当たり、エンジンはかかりますが、動かなくなっているし、ちょうど運よく道路中央の安全地帯なので車はそのままにして、そのタクシーに乗せてもらい、自宅まで帰りました。

翌朝、九時少し過ぎに現場から比較的近い知りあいの整備工場にお世話になり、事故車を牽引してもらい、もう修理しようがないので廃車にしました。わたしの命の身代わりになってくれたわけです。

気がつけば、反対車線に停車中の車の真前に暴走して急停車して、乗っていた運転手の方が目を皿のようにしていたこともありました。

しっかりしなければと睡魔と戦いながら、右折するところを左折してしまったり、方向感覚がまったくなくなってしまうのです。思えば恐しきかぎりです。

本来ならいくつ命があっても足りないところ、今日無事に生かせていただいているのも、みなさまのあたたかい御支援のまごころが、神に通じて守られているように思えてなりません。

一〇年の間にマイカーが何台か変わり、ずいぶん痛い思いやハラハラさせられたでしょうが、現在お世話になっているチッポケ車が一番安心していてくれるのではないかと思います。車はわたしの手足です。いつでもありがたく感謝して乗らせてもらっています。

飲み逃げスリ

年の瀬もおしつまって一二月にはいって間もなくのある夜。中年の一見リッチに見える男女のカップルがはじめて見えました。ほかの店から流れてきたような感じでした。それほど寒くないのに女性は毛皮のコートを着ており、いかにも豪華そうでした。

カウンターに座り、日本酒を何本か注文しました。おつまみ、料理も適当においしいのをどんどんくださいといわれるので、お客さんのおっしゃる通りにしました。しかし、せっかく注文されたお酒もあまり飲まれる様子もなく、料理にもほとんど手をつけません。そのうちに「この料理ちっともおいしくない」とケチをつけはじめました。女性はひと言も口をききません。

変な客だなあ、嫌な感じだなあと不可思議な思いにかられました。そのうち「お勘定してください」といわれたので、四八〇〇円のお会計をお願いをすると、一万円札を出されました。領収書をいただきたいとおっしゃるので、つり銭五二〇〇円の上に領収書をのせてお返ししました。ほかに客もおりましたので忙しく洗い物したりして立ち働いておりました。ところがしばらくしてから「この店は金を払ってもお釣りもくれない」といちゃもんをつけはじめました。「そんなはずはありません、さっき差し上げましたけど」と、びっくりしていいました。

しかし領収書の下に五千円札は見当たらず、百円玉が二個あるだけでした。客の手元を見ていないのでなんともいえず、恐ろしくなり、仕方なくまた五千円をつけ足しました。そんなやりとりが男性客とすんだときに、連れの女性がトイレから出てきました。そしてタクシーを呼んで、さっさと一人で先に帰ってしまいました。

「ご一緒にお帰りにならなくてもよろしいのですか」といいましたが、彼は一人店に残りました。それからなんとなくまだ絡み足りない感じでした。

気味が悪くなり、自宅に電話して息子にすぐ店にくるように頼みました。息子は間もなく車で駆けつけてくれました。元野球の選手をしていた大柄な息子が店にはいってきたら、わっとなにかを感じたらしく、途端に男性客の態度が変わりました。そしてしきりに息子の機嫌をとりはじめ、立派な紳士に変ぼうして、すぐに帰っていきました。あらしが去ったようにほっとしました。

ちょうど音大生の長女がヘルプしてくれて、カップルの動向を観察してくれていました。

だいたい女の人がトイレにはいっていくのにハンドバッグもコートも持ってはいるのはおかしい。それに水を流す音もしなかったではないか。これは二人がグルになって、人の見ていないすきに領収書の下から五千円札を抜いて男が女に手渡し、トイレで隠して会話のタイミングのいいところで出てきて、見つからないように先にタクシーで帰ったのではないかということになりました。

「本当にママもお人よしなんだから、警察を呼んでちゃんとやり合えばよかったのに」と、みなさまからご忠告を賜りました。

その後、歳末スリに用心するよう組合から通達がありました。

年末はとくにせち辛らくなるから十分に気をつけなければいけないと、大いに反省をしました。一生懸命働いてささやかな商売をしているのに飲み食いした揚げ句に、お金まで巻上げられたのではたまらない。女の経営と甘くみられたか、あとでしきりに腹が立ちました。こんなミミッチイことをする心根が気の毒に思えて、生まれたときはみんな天使だったのにとつくづく思う夜でした。

栄養失調の二人の場合

昭和五六年七月一日に「あかしや」を開店し、その年の九月、近くに大きなコンピューターの会社が移ってきました。四〇〇～五〇〇名の社員を抱えるその会社の社長が店に見えるようになりました。会社へ出勤の日はよく「あかしや」の玄米定食を召しあがってくださいました。

会社発展の基本はまず、職員の健康管理が大切と、自ら健康に関する本を読み、いろいろな講習を受け、実に熱心に勉強され、積極的に社員教育も行なっておりました。社員のみならず、対社会的にも管理者教育の講演を依頼されたり活躍されていました。

「僕はいろいろな付きあいがあって、新宿に宿り木があり、そこで朝の五時ごろまで飲み、ウイスキーボトル一本くらいをかんたんに空けてしまうことがよくある。しかし、会社にはおくれずにぴしっと出勤するよ。そんな無茶をしているから、あかしやは僕にとって軌道修正をする唯一の健康管理の場ですよ」と、社長はよくいわれました。

社長、次長、部長と管理職の方はお揃いでランチタイムに店に通ってくださいましたが、やはり若い人たちには関心がうすいようでした。それとも昼食時くらいは管理職の目から開放されてゆっくりしたいと思う部分があるのかもしれません。

「僕は自宅でも玄米食やりたいんだが、女房がなかなかやってくれない、職員よりも御し難きは女房だね」と社長さんはこぼすことがありました。

次長さんや部長さんは自宅でもちゃんと玄米食をやっておられ、健康診断の数値も非常に良好になってよろこばれていました。

朝、満員電車に揺られて一時間半もかかって出勤する社長さんは、運動していると思うからストレスにはならない、考えをかえるとストレスが起きない。僕にとってストレスはあり得ないと意気盛んだたった社長さんが、昭和六一年の一二月二四日、クリスマスイブの日に突然亡くなりました。会社の部長さんからその訃報を聞いたとき、わたしは一瞬声も出ませんでした。まさかと思う気持ちと、やはりと思う気持ちが交錯しました。

秋口から急に目立って痩せてきました。近くの知りあいの病院で診てもらった結果、末期の〝食道ガン〟であることがわかりました。

しかし、絶対自然治癒力で治してみせるとすさまじいほどの気力でした。もう食べ物がのどを通らなくなっても何時間でも立ちっぱなしで他所で講演されてきたりしていました。普通だったら入院して絶対安静、点滴をというところでしょう。極度の貧血で救急車の中でこときれました。その時点でまだ一つ、講演の予約が残っていたそうです。随分無茶な話ですが、残された短い生を最後に凝縮して必死に燃えようとした精一杯の姿だったのかもしれません。「僕は戦艦武蔵の生き残りです」という言葉が思い出されます。

せめてもの救いは亡くなる数日前、鯉こくや玄米粥を美味しいといって、心からよろこんで食べてくださったことです。普通、ガンの末期など食べられる状態ではないと思うのですが、思えば本当に不思議なエネルギーを感じます。

現代栄養学でしっかり教育を受けた社長夫人は、主人は肉や玉子を食べようとしないで自然食に凝り、栄養失調で亡くなったと会社の人たちにいって、かなり「あかしや」を恨んでいるようでした。

しかし、「あかしや」のおかげで今までもったといって慰めてくださる方もありましたが、物事の考え方のちがいは恐ろしいなあと思いました。

わたしは食べ物やそのほかの健康法でも自分はよいと思ってやっているけれども、他人には強制しないようにしています。相手が求めてくればそれなりの対応はしているつもりですが。どんなよいことでも押しつけは罪悪です。

生前、社長さんから呼吸法の指導を受けていた若い女性が体の具合が悪く入院していました。彼女の病名は栄養失調ということでした。

彼女は貧血がひどく近くの医院で注射をしてもらい、その帰り路に店に立ち寄り、玄米定食を食べたのが当店とのきっかけでした。

最初は根暗な感じでしたが「あかしや」へ食事に通うようになってからとても明るくなりました。料理もおぼえたいというので週一、二回店でアルバイトするようになりました。「我われは植物の命をいただいているのだから一物全体をいただくつもりで粗末にして捨てたりしないでね」と、わたしは彼女にいいました。

あるとき、薬味に刻んだ長葱にラップをかけておいたら、しばらくしてそこに細かい水滴がたくさんついていました。彼女はその状態を観察して「あっ！　葱が生きている、ホラ！」とわたしにそれを見せて、感激のあまり涙さえ浮かべて命の尊さを知りましたというのでした。「わたしね、本当のことしゃべっちゃいますけど以前、田舎で結婚するはずの好きな男性がいたの。でもいろいろあって結婚できずに、睡眠薬たくさん飲んで自殺を図ったの。五日くらい意識が戻らず大騒ぎしたことがあるんです。それ以後、少し体がおかしくなり、病院通いで、お医者さまから『心身症』と診断されてるの」と、彼女は過去のことを話してくれました。「よいことを一生懸命やっていれば、だんだん健康になるからがんばってね」と、わたしは彼女を励ましました。けれどもしばらくのあと、ほかのアルバイトをするようになり、店にくる回数が減り、ついに足が遠のいたころ、彼女が入院したことを知りました。最初は膀胱炎ということでしたが、その後の話しでは栄養失調ということでした。

今まで料理なんか嫌いでやったことがなかったのに「あかしや」へきて料理をおぼえ、家に帰っても一生懸命つくるようになったとあんなに喜んでいたのに、そして、とてもすばらしい感性を持っていたのに「あかしや」との御縁が切れたことを大変残念に思っています。

健康を取り戻した人たち

「あかしや」が開店して三年ほど経ったある日、中年の男性が二人で店に見えました。そして「この店はある意味で有名のようだねぇ、この店にある料理をみんな一品づつ出してみてください」とおっしゃり、実によくおしゃべりもしながら、お酒も飲まれました。

かなり酒豪のように見受けられました。時どきお店においでくださるようになり、当店に見えるころはほかの店で酒を飲み、かなりできあがっておりました。

そのうちに片方のH氏は胃液みたいなものを口からだらだらたらすようになり、足がもつれるようになりました。ずいぶん陰性な身体になっているな、このままではまずいなと思っていたところ、「来週から背中にコバルトをかけることになった。某病院に入院するようになったのでしばらく店にこられなくなるよ」と、いわれました。

若いときに大きな交通事故を起こし、命拾いしたが、時どき鬱状態になり、なにをするのも嫌になったり、胸が痛くて背中から水を抜いてもらったことがあると聞いていたので、早く手を打たないと大変なことになるぞと、他人事ながら気になりました。

「失礼なことをいうようですけれど、現代医学でコバルトをかけるということはどうことを意味するのかおわかりですか」と聞きました。

「知らない。ただ病院の主治医が、コバルトをかけた方がよくなるといって薦めたから」と、彼の返答は、全く具体的なことがわからず雲をつかむようなたよりない話しでした。

　最悪の事態を考えて、わたしは彼にコバルトをかけるか、健康を取り戻すためにつぎの一〇か条をやってみるか、二者択一を薦めました。どちらを選ぼうと本人の自由ですが、もし後者を選ぶなら、少々のことをやっていたのでは焼石に水だから徹底するようにいいました。

◎酒、タバコを止めること。
◎肉、牛乳、卵、魚を止めること。
◎砂糖、化学調味料、白米、白パン、白うどん、白砂糖製品、清涼飲料水、インスタント食品、合成添加物いりの食品、化学薬剤、コーヒー、紅茶、緑茶を止めること。
◎主食は未製白のもの。玄米が無理なのようなので胚芽米に麦をたっぷりいれたものにごま塩をしつかりとかけて、一口五〇回以上よく噛んで食べること。
◎副食は大豆製品など、植物性の蛋白質を主体にして、根菜類（にんじん、ごぼう、大根、れんこん、山いも）など、土の中でできる根っこの野菜を中心に緑の濃い野菜、海草（昆布、ひじき、わかめ、その他）など、火を通して毎食バランスよく食べるように。
◎手づくりのきちんとした梅干し一日一個ほどは食べる。しょうが、ニンニクも少量づつ料理に使用する。
◎果物や生野菜は寒い時期は避ける。暖かい時期でも控え目に。

◎調味料は自然醸造の味噌、醤油、そのほか、自然塩などを使用、砂糖は料理に使用しない。
◎飲み物は番茶、ハブ茶、ヨモギ茶、アマチャヅル、マコモ茶そのほかの野草茶、薬草茶を飲むように。
◎時どき深呼吸をして体の中に酸素をたくさん送り込むように。体を適度に動かして血液の循環をよくするように心がける。あまり病気のとを気にしないでおおらかな気持ちで過ごすこと。おなかが空いていないときに無理して食べることはないように。

ずっと音信が途絶えていたのですが、半年ほどしてひょっこり彼からとても元気な声で電話がかかってきました。

「おかげで元気になったよ。あかしやのおかげで命拾いをした、ありがとう」

わたしは一瞬耳を疑いました。まさか、これほど元気になるとは自分でも思いませんでした。

そして、少しはまた自然酒も飲めるようになりました。「食べ物の力って恐ろしいなあ、人間を変えてしまうんだから、たいしたものだ。あかしやは俺にとって命の恩人だ」と、時どきご機嫌になりました。例の病院へ入院しないと断ったら不思議な応対をされたそうです。

しかし、人間は弱いもので、ふとまた元の食習慣にひょっこりと戻ってしまうのです。昔、一週間に一度は分厚いビフテキを欠かさなかったというのが自慢でしたし、下手物食いで動物の脳みそやら、性器などを生でおいしいとよく食べておりました。やがて下手物の店にいり浸り、深酒をするようになり、体調も乱れはじめ、つまらないことで他人と喧嘩をし、体も心も次第に蝕まれていきました。

「せっかく今まで一生懸命に努力して、やっと健康を取り戻しつつあったのに、どうしてあなたは自分で墓穴を掘るようなことをなさるんですか。しかも、生で食べるなんて恐ろしいことです。今のあなたは人間じゃないみたい、気持ち悪い。野菜もとらずそういう変なものばかり食べているから喧嘩早くなるのよ、ただしい食事のことはわかっていらっしゃるはずですから今さらご注意申し上げる必要もないので、あなたの好きなようになされればよいでしょう。もうちょっとこの世に生きてなにかやりたいことがあれば、正食に戻られたらよろしいし、あの世にお急ぎならどうぞ遠慮なく行ってください、お引き止め致しませんから。ただし、お店の出入りはご遠慮願います」と、彼にきっぱりといいました。

爆弾宣言をしたので、その後どんな反応が返ってくるかと思っておりましたところ、一か月ほどしてまたひょっこりと店に現れました。

「やっぱり下手物は体によくないよ。とくに緑の野菜はいいねえ、食べ物を変えたらまた体調が戻ってきたよ」と、明るい表情でした。ああ、よかったとほっとしました。

それでも二、三回そんなことを繰り返しながら、行きつ戻りつ、最近は自分でコントロールができるようになり、次第に自分のリズムがわかってきたようです。

わたし自身のことを考えてみますと、他人さまのことなどいえた義理ではありません。脱線しては元に戻し、常に軌道修正を繰り返している状態ですから。

しかしまあ、人間が変わるということは並大抵のことではないなあと思わずにはいられません。石の上にも三年といいますから、きっと彼も焼酎をなめ、青葉を噛んで軌道修正を上手にやっていることでしょう。

怪電話

サラリー生活から転職して店をはじめたころは、慣れない素人商売で失敗やらいやがらせやらいろいろな経験をしました。

開店して間もなくのことでした。消防署から電話があり、「あかしや」の店が違法建築しているという密告の電話を受けたので、署としては一応調査に伺いますというのです。すぐに店をつくってくださった工務点に連絡しました。

「許可に基づいてやったのだから問題はありません、堂どうとやりなさい」と、いってくれました。誰かがやっかみで、嫌がらせをしたのだろうということになりました。

消防署の担当の方も、わたしが前の職場で防災管理者をやっていましたので、顔見知りの方でしたから思わぬ再会でＯＫになりました。

現在のように立て込んでおらず、近くの店が商売敵と見てけん制したのでしょう。当時は女が一人で水商売をはじめるというのは未亡人か誰かの二号さんか、不幸な前提が必要だったのです。ですから、健康ムードで健康な商売をするなんてことは異様に写ったのかもしれません。

客をとるとか、うちの客をとられるとか、そういうちまたの感覚がわたしには理解できず、まったくちがった次元でわたしはものを考えております。

「桜ケ丘だけを相手にしないで、世界中を相手にするつもりでやりなさい」と、我が師匠から金言をいただいていましたので、いつかはきっとわたしのささやかなマクロビオティク（従来の食養に、桜沢如一による陰陽論を交えた食事法ないし思想）がみんなに反映するときがくるだろうと心の中で祈りました。

一件落着してほっとする間もなく、今度は当店に怪電話がはいりました。一日数回、自宅にもはいりました。

最初は人間の声でしたが、そのうちテープの早送りになりました。聞くに絶えない異様な内容で、こういうことをする人間のいやらしさにあきれました。

最初は真剣に悩みましたが、あまり卑劣なやり方なので相手にすることを止め、無視し続けました。そんなことが半年近くも続きました。これ以上無駄と思ってか自然消滅しました。

誰がなんの目的でと考えてみましたら、前の職場に関連したある労組の一部が闘争相手のリーダーを痛めつける手段だったようです。坊主憎けりゃというわけで、わたしも同じ穴のむじなと見なされたのです。しかし、そうは問屋が卸しません。わたしをいじめればリーダーがまいるだろうなんて甘い考えです。

店は暇だし、怪電話はくるし、そのほかにもろもろあり、本当に精神状態はどん底でした。そんなわたしの気持ちに関係なく、『サバの女王』（グラシェラ・スサーナ）のメロディが有線放送からよく流れておりました。このメロディを聞くと、どうにもなく落ち込み、複雑なとても悲しい気持ちになるのです。

いろいろな脅しにあう

（その一）

昼食時に何人かの方がたが昼食をいただいておりました。そこへ中年のコートを着た男性が一人店にみえました。どこかで会合があり、すでに一杯はいっている感じに見受けられました。ビールとおつまみを注文されて一人で飲んでおりましたが、どうも最初からあまり虫の居場所がよくなかったようでした。

カウンターでお話をしながら食事中のお客さまになにやかやをぶつぶつとひとりごとのようにケチをつけ出しました。大抵のことは寛容するのですが、聞くにたえなかったので、「お客さん、すみませんが、みなさん楽しくお食事していらっしゃるのですから当店ではそういう言葉は止めていただけませんか」と、わたしは彼に注意しました。

するとと彼はカッとして「なにを！　生意気いうと承知しないぞ、こんな店ぶっつぶしてやる、○○会に話せばかんたんなんだ……」と烈火の如く怒りました。わたしも今までいろいろと嫌なことをがまんしていたものが一気に爆発しました。

「ああそうですか、ぶっつぶしたければぶっつぶしたらいいでしょう。こっちにはもっとすごいのがついているんだから……」と、思わず売り言葉に買い言葉が出ました。

彼はわずかばかりの会計をすませて怒った勢いで帰って行きましたが、再び入り口の戸を開けて顔を出し、「……そいつは誰だ？」と、聞き返してきました。「誰だっていいでしょう、あなたにいう必要はありません。」と、わたしはきっぱりといいました。

ほっとして我にかえり、ああ、昼間ほかのお客さまのいらっしゃるときでよかった。これが夜の小人数のときだったらこわいなあと思いました。

（その二）

ヘルプの女性が帰り、夜も一一時の閉店の時間なので、そろそろ帰ろうと思っていると、突然中年過ぎの小柄なおじさんが酔ったすごい勢いで店にはいってきました。そしてこちらが応対するすきもなく、しゃべり立てました。

「おい、お前はあいつとまだつきあってるのか？」

「あいつってどなたですか？」

「こん、とだ」

「こん、なんて人、わたし知りません、一体全体あなたはこの店になんのためにはいってこられたのですか」

「そうか、よし、酒を出せ」

「失礼ですけれど、これ以上お飲みにならない方がよろしいかと思いますので、お茶をさし上げましょう」と、わたしは彼にあかしや特製の健康茶（ハブ茶、三年香茶、天茶、よもぎ茶いり）をお出ししました。

するとおじさんは、「うん、これはうまい」といって四、五杯お代わりして飲みました。「もう帰る、いくら？　お会計は……」

「要りません。」

「なに、バカにするな、飲んだ会計くらいは払うぞ」

「いえ、いいんです。お酒をお飲みになっていらっしゃらないから……」

「ふざけるな、いくらだ」

「そうですか、それではお客さんの好きなだけお払いください」

「よし！」と、彼はいって、小銭入れを開けて、カウンターの上にじゃらじゃらと全財産を広げました。

「これだけみんな置いてゆくぞ」と、いって百円玉三個、十円玉七、八個、これが今、彼のふところにある全財産でした。これではおちょうし一本にも足りません、わたしは唖然としました。わたしはありがたくいただいてカウンターの隅に置いてある募金箱にいれました。

「あんたは大したもんだ、立派だ、見直したなあ」と、何度も繰り返して、ありがとう、ありがとうと帰っていきました。

漢詩をしきりに口にしたりして、かなりの方なのかもしれないが、なにかやはりフラストレーション症候群なのかもしれません。気の毒だなあ、昼間はきっと立派な紳士の仲間いりをしているのでしょう。

深夜のアクシデント

店の近くの常連客、家が近いのでいつも最後の仕上げで「あかしや」に立ち寄られる。今日も例のごとく深夜閉店間際に見えました。

かなりもうできあがっている様子だったので、ビール一本くらいで、あとは健康茶を差し上げました。ほかのお客さんと楽しくおしゃべりをしていたのですが、トイレへ行くつもりでカウンターの椅子から立ちあがろうとしてよろけて後ろへ倒れてしまいました。両脇にいたお客さんが支えようとしたのですが、あっという間のできごとで間にあわず、後ろにあったテーブルの角に後頭部を打ってしまいました。

そばにちょうど運良く外科医が居あわせて、彼を起こそうと手をあてたら大分血が流れているようでした。

「この状態では三針ほど縫わないとダメだね」と、ドクターはいいました。

その後ドクター自身もハシゴ酒でかなりご機嫌だったので、救急車を呼ぼうかと一瞬迷ったようでしたが、「まてよ、救急車を呼ぶとあかしやに迷惑がかかるな、よし、僕の病院へ連れていって処置をしよう、ママが運転してください」ということになり、居あわせたお客さんに手伝っていただいて、まるでこんにゃくのようになった酔いどれ天使を支えてわたしの小さな車の助手席にやっとの思いで乗せました。

深夜一時ごろ、病院は静かに寝静まっており、我われの騒ぎも気づかれないようでした。

「当直の看護婦を起こすのも気の毒だから、君、手伝ってよ、患者をしっかり押さえていてくれないか」

せっかくくつろいで楽しく飲んでいたのに、ご迷惑をかけて申し訳ないと思い、一生懸命にヘルプしました。さすがにテキパキと消毒して縫合処置もあっというまに終了しました。どんなに酔っていても、一度患者の前に立たされるとさっと職業意識が働くものだそうです。プロはちがうと思いました。

人の命にかかわる職業がとても立派に見えました。救急処置をとっていただいて本当にありがたく思いました。それから彼の家へドクターと一緒に送り届けました。奥さんが怪訝そうな顔をして家から出てきました。「さっき、お宅のご主人があかしやでよろけて倒れて怪我をしたので、僕が縫合しましたので心配ないから、この化のう止めの薬だけはちゃんと飲んでくださいよ」

翌日、奥さんが菓子折りを持って昨夜のお礼に見えました。とても恐縮がっていました。のんべいの夫を持って苦労するなあと思いました。翌よく日になって本人が見えました。「昨夜は大変ご迷惑をおかけして申し訳ありませんでした。いろいろとお世話になりました。打ち所が悪ければ今日あたりはお葬式ですね、不幸中の幸でした。思えばぞっとしますね」

大体よその店でハシゴ酒をやり、しっかりと飲んでいるのに、当店ではお茶を飲んでいるだけでも一生憎まれてしまう結果になりかねないから考えてみると怖いことです。

ネパールの青年たち

日本で四年間、歯科技工士の勉強を終了してネパールへ帰国することになったカルナ君の出発の会が開かれました。そのときはわたしも本人からのお誘いで出席しました。ネパール大使館二等書記官のシュレスタ氏、カルナ君の弟妹たちもみえていました。彼を支えた大勢の日本の人たちが会場にあふれておりました。

彼の帰国と入れ替わりに弟のビゼー君が日本語の勉強にやってきました。「あかしや」の店の比較的近距離に彼らの宿がありましたので、入れ替わり立ち替わりネパール青年たちが店に顔を出すようになりました。みんな日本語が非常に上手で、人なつこい性格は店ではじめて会ったお客さまともすぐうちとけてしばしささやかな国際交流の場と化すのでした。

彼らはネワリー語、英語、日本語を上手に使いわけており、社交性のある明るい国民性を持っております。カルナ君は「カルナ　バハドール　サキヤ」といって、釈迦族の子孫とか。父親はかつてネパールの高官だったそうです。日本に勉強にこられるのは、あちらではエリートにはいるのでしょう。

義務教育制度もなく貧富の差の激しい国ですから、彼らは非常に恵まれているのではないかと思います。さて、その釈迦族の子孫の御縁でわたしたちあかしやグループ一行が「ネパール・トレッキング・ツアー」に参加することになりました。まるでピクニックにでも出かけるような童心にかえった冒険珍道中の旅でした。

カトマンズ、パタンの街にあるカルナ君の家ではネパール料理の数かずと、母親自家製のロキシー（六〇度～九〇度）とチャン（ドブロクの上澄み風）の美酒に酔うひとときもありました。人のよさそうな家族、友人が所せましと集合しました。そのときに居あわせた仏像作家のラットナ君もその後、東京のカルナ宿を足がかりにして、「あかしや」のメンバーにしばしば加わるようになりました。彼はカトマンズにある大学を卒業し、学生結婚をした妻子がおり、仏像作家の家業をついでいます。日本でホームシックにかかると可愛い妻子の写真を取り出して見せては慰めていました。

あちらでは産業がないし、マーケットもしれたものなので、仏像、マンダラの絵、宝石その他製品を世界中にブローカーするわけです。当店にもラットナ製の仏陀がありますが、気取りがなく、少々エロティックな部分があり、うまくバランスのとれているのがうれしい。

ところで、カルナ君の弟のビゼー君は数多い兄弟の中の末子、母親からとても可愛がられて育ったせいか、少々甘えん坊でやさしいナイーブな青年でした。

測量事務所でアルバイトをしながら日本語学校へ通っておりましたが、年ごろで日本の女の子を恋するようになり、様ざまな葛藤の末、一昨年の暮に不慮の死をとげました。若い命がひとつ異国の地で消えてゆきました。なんとも痛ましい気の毒なできごとでした。みんながカンパして、母親がネパールから出てきました。

「母が悲しみますので弟のことには触れないでください」と、カルナ君が気遣うので、わたしはお食事をさし上げて丁重に振舞いました。小太りの体をサリーで覆み、眼鏡の奥に深い悲しみを秘めて、日本のみなさまにお世話になったお礼を伝えて帰っていかれました。

「あかしやのママは変わっているからな」

「そうですね、でもよい方に変わっているからいいんじゃないですか」と、すかさず応対したビセー君の会話が昨日のことのように思い出されます。日本人よりも日本語が上手で、頭がよく、やさしい青年だけになんとかならなかったのかとくやまれてなりません。

そのときと前後して、ネパール・トレッキング・ツアーのお世話をしてくださった、小松幸三さんがマッキンリーの山に消えてしまいました。まったく信じられないようなできごとが続出して、わたしたちは面喰らいました。

小柄で一見おとなしそうな青年風情に、まさか彼が「マウンテントラベル」の社長だなんて思いも及びませんし、まして日本のトップレベルの登山家であるなど知るよしもありません。あれやこれやとまるで小間使いのように彼を酷使して、まるで身内の人間づきあいでした。自分のPRを一切せず、控え目な言動の中に、しかしなにかはっとするようなエネルギーが感じられました。〝弱い犬ほどよく鳴きわめく〟といいますが、〝能ある鷹は爪をかくす〟という実感です。

生まれたばかりの赤ちゃんと幼い男の子を残して。本人は山で昇天して本望かもしれませんが、遺族の悲嘆を思うと胸が痛みます。

「よい人ってどうして早く逝ってしまうのかなあ」と、仲間たちは追悼するのでした。合掌

思い出写真館

取材用に撮った１枚（1998年５月）

仕事始めの保育園での様子。かいわいい子どもたちと

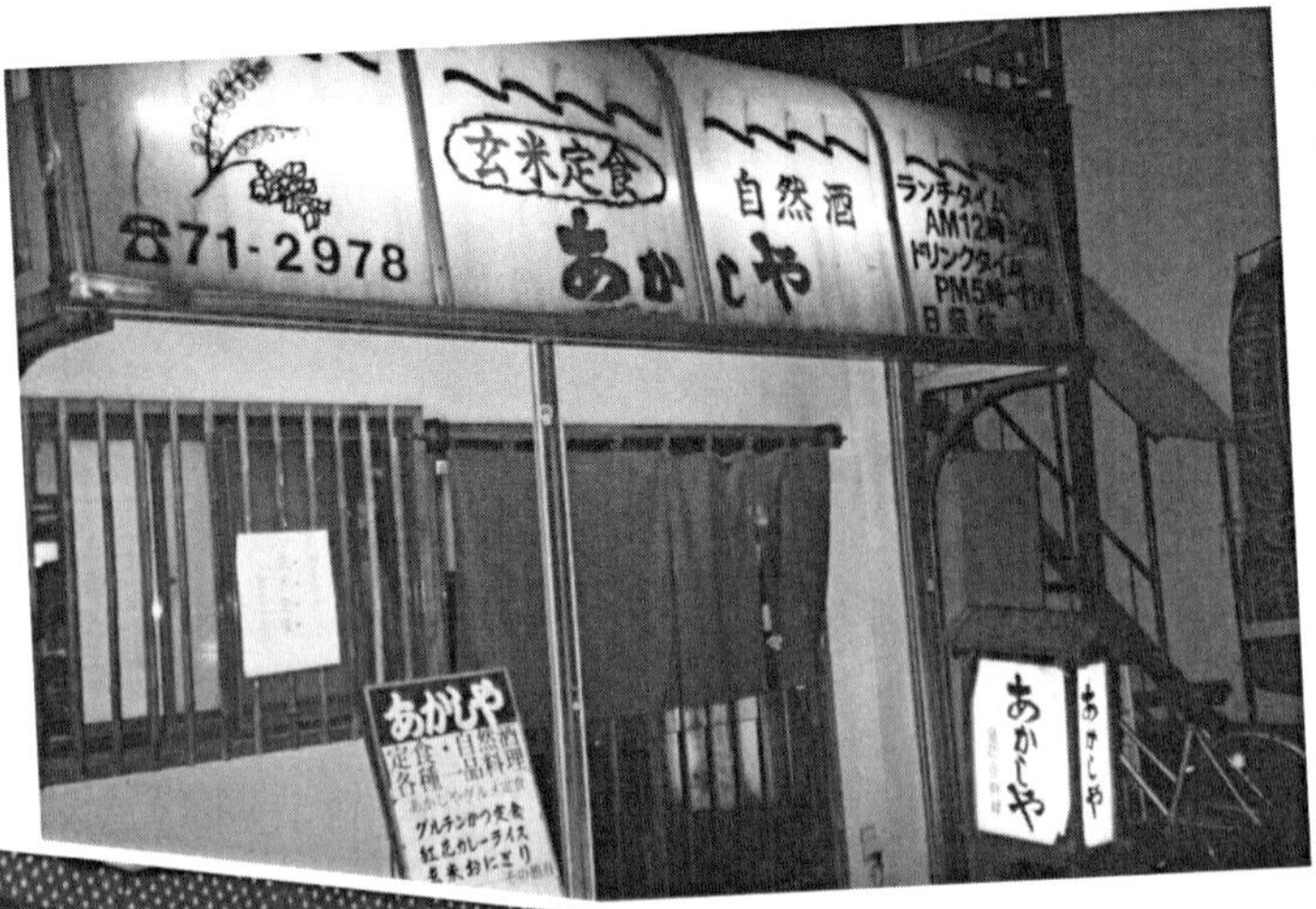

聖蹟桜ヶ丘にあった「あかしや」の外観

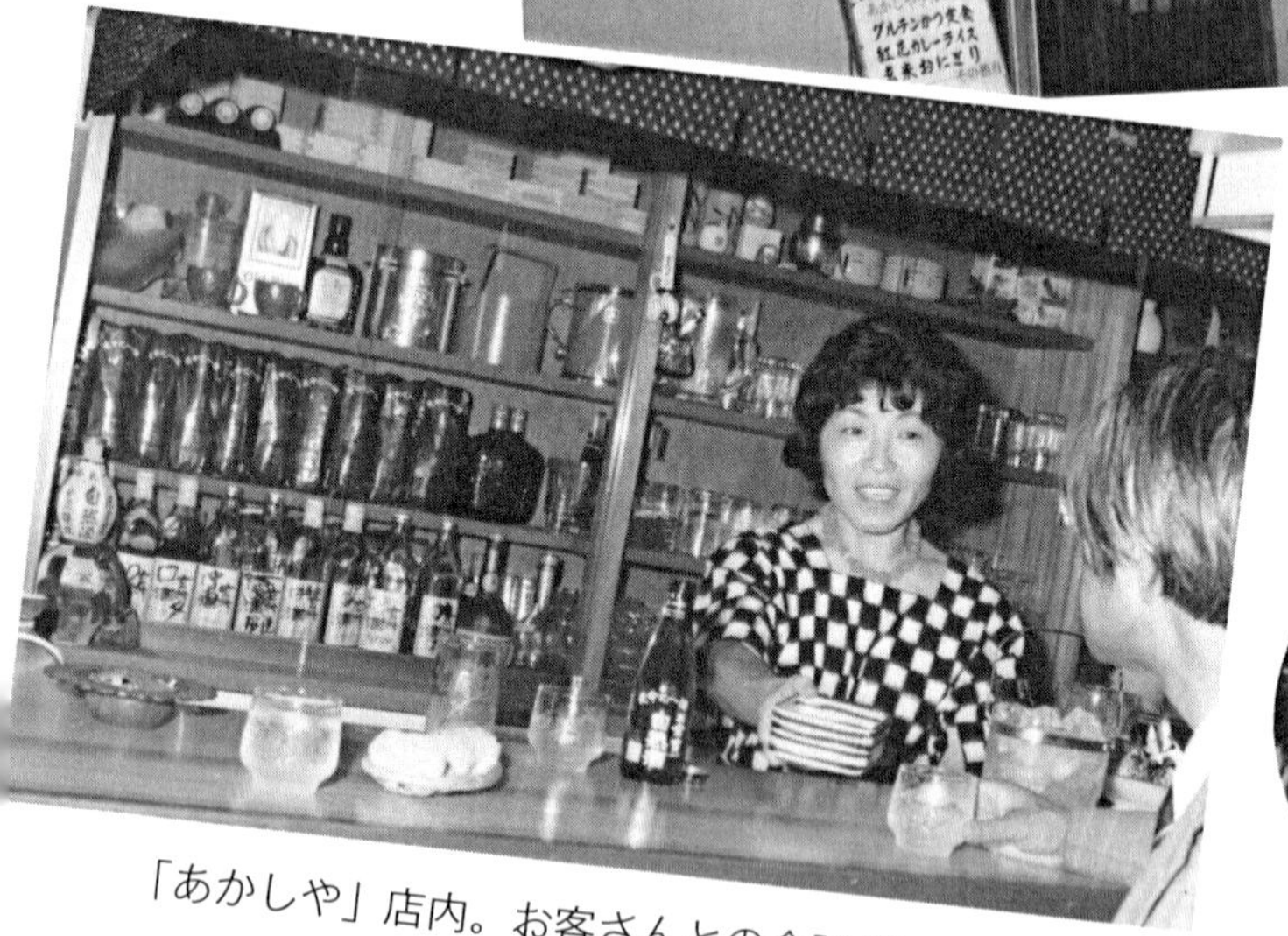

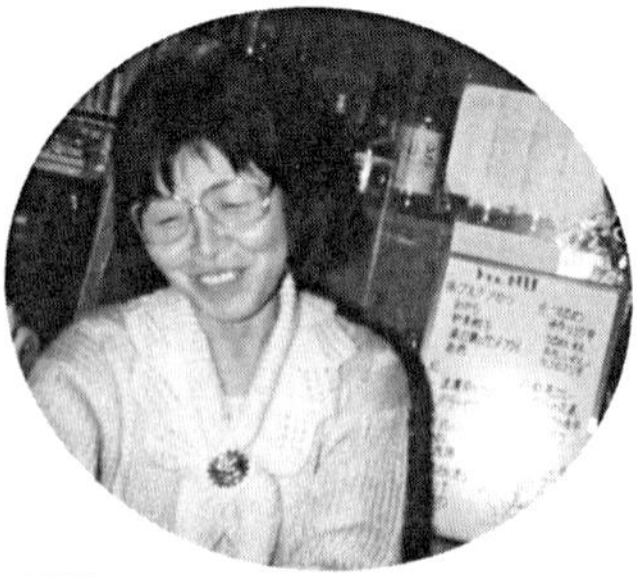

「あかしや」店内。お客さんとの会話がはずむ

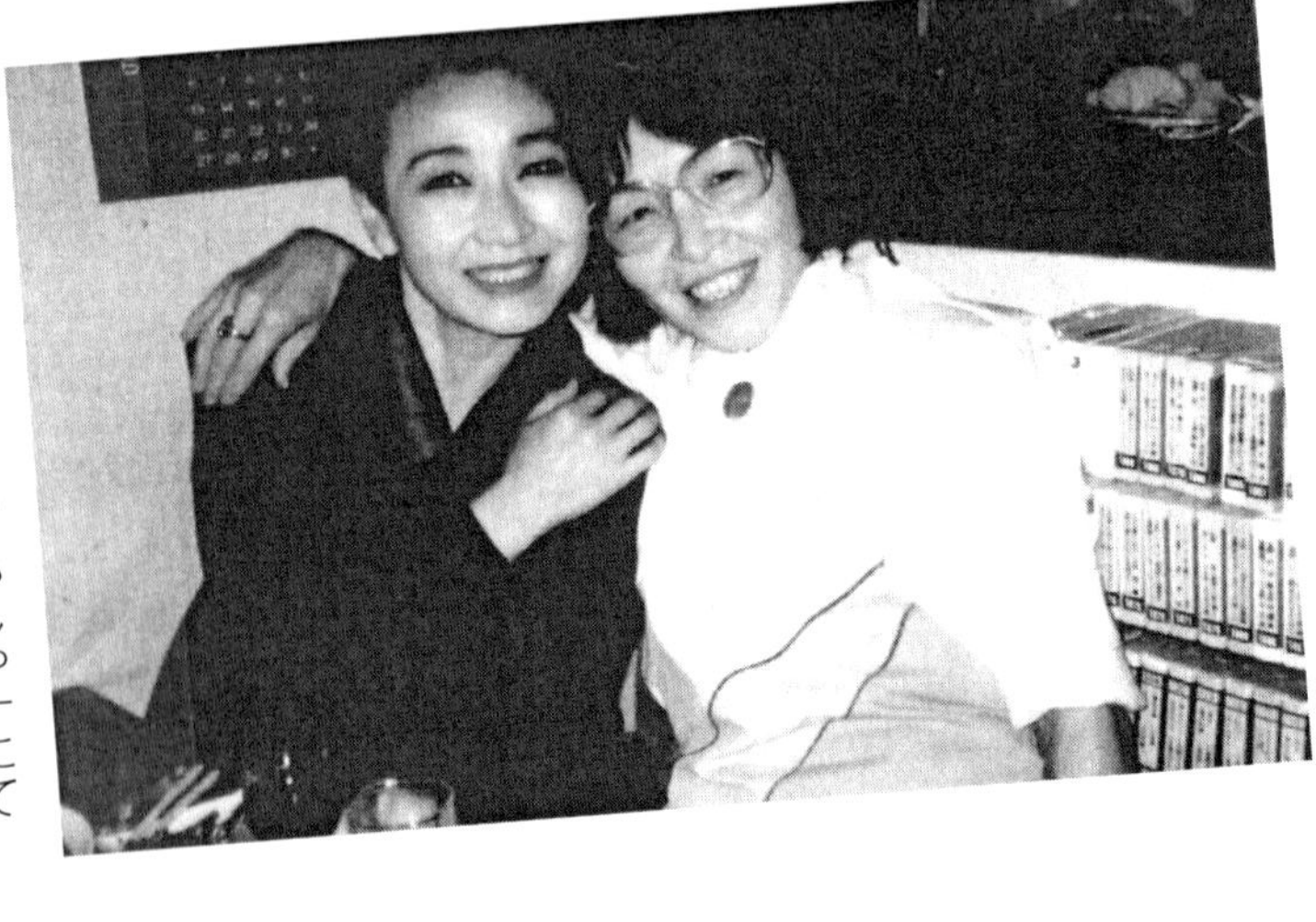

加藤登紀子さんと「あかしや」にて

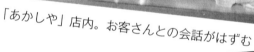

ヒマラヤをバックにハイジの気分
（あかしや 10 周年を前に）

一心不乱に料理に打ち込む

1 人ひとりに最高のおもてなし

『あかしや十年誌』を出版（1991年 5 月）

あかしやパーティーでの創作料理の数々

あかしや

茶道の世界にも挑戦

食養を学ぶためにアメリカへ（1984 年）

見ざる・言わざる・聞かざると一緒に（1993 年・日光市）

シャンソンに魅せられて

お色直しで観客を魅了

大好きだったエディット・ピアフに憧れて

澄み渡る青空のもと、ひ孫の初節句

鯉のぼり見上げながら
空へ昇っていきました

遺稿に寄せて

母が亡くなって1年が経ちました。

近年は私のクリニックの2階で暮らしていました。亡くなる数か月前から、仕事が終わって2階に上がると、テーブルの上に資料を広げて原稿と格闘していた姿が思い出されます。そこで母についての思いをいまさらながらですが少し語らせていただきます。

まず、女性として父と結婚したわけですが、若いころの父の写真を見るとかなりのイケメンでした。やはり母も見た目を重視していたのだなあと思います。しかし、その後の夫婦関係はお世辞にも良いとは言えず、私が小学校高学年になると栄養士の資格を生かし、学校や保育園の給食の献立表を作る仕事を始めました。そして私が高校を卒業するころには「あかしや」という自然食の飲食店を始めました。それは女性としての独り立ちとともに父からの独立だったのかもしれません。

その後、店での紆余曲折については本文に書かれている通りですが、様々なお客さんと接することで女性として人間として影響を受けたようです。また身なりにもとても関心があったようで、今でも母の部屋の中で一番多いものは衣類です。生前着ている姿を見たこともないような洋服もたくさん見受けられます。

次に姉と私がいるわけですが、私については本文にもあったように何年にもわたり浪人生活を送りました。

当時、自分のことで精一杯で私には周りのことに気を配るような余裕はなく、時に自分に苛立ち、家族にあたったりもしていました。それでも最後の年はそれまで頑なに拒否していた母の作った玄米弁当を持って予備校に通いました。最終的には受験とは受験生同士の戦いではなく、出題者との対話であるという思いに至った時に結果が出たという不思議な経験をしました。これが母の実践する自然食の効果かどうかはわかりませんが、母親としての思いが込められた弁当であったことだけは間違いはなく、感謝の念に堪えません。

姉については、最近見つけた母の昔の日記の中で「美樹（姉）は気難しく育てるのが難しい」と書かれた一説を見つけました。

姉と二人で大笑いしながら、当時の母も子育てに苦労していたのだと話しました。また姉は幼少期よりピアノを習っていましたが、練習に身が入らず、「身しみてやれ！」という母親の叱咤激励が毎日夕方5時のサイレンのように聞こえていたのが思い出されます。

結局、姉もそのまま音楽の道に進むことになりました。私も姉も今更ながら、両親に対して「感謝」という言葉しか出てきません。最後に職業人として先にも述べたように、母は30年以上自然食の飲食店を経営しました。それは栄養士として元々食に対しての興味があったものと思われます。その後、自然食に出会い、人の体の健康も心の健康も食により変わるという結論に至ったようです。それを実践するため店を開いたといってもよいかもしれません。

そして、実際に本文にも書かれているように様々な人と出会い、経験をしながら母親自身も人生を楽しんでいたように思えます。

この本は、母の生き様が描かれているといってよいと思います。読んでいただいた皆さんが少しでも渡邉稔子がこんなことを考え、生きていたと思いを馳せていただければ幸いです。

２０１９年　９月　　渡邉秀樹

渡邉 稔子（わたなべ としこ）

食養料理研究家
1932（昭和7）年、群馬県藤岡市生まれ
群馬県立藤岡女子高校卒業
1954年、東京栄養専門学校卒業
栄養士の職歴を経たのち、1965年頃から食養の研究を始める。
その後、病院や保育園で玄米食を中心とした料理と献立を指導。
ナチュラルレストラン「あかしや」を経営するかたわら、ヘルシー料理教室を開催。講演なども行ない、雑誌、新聞などでもヘルシークッキングの指導者として活躍。
2018年3月9日、逝去。

著書
『玄米ご飯と毎日の健康料理』
『快適食養料理』かのう書房（1989年5月）
『手軽にできる生ジュースの作り方』新星出版社（1995年3月）
『クスリになる食べ合わせ』ナツメ社（1998年4月）

『お元気ですか「あかしや」です』

2019年11月29日　第1刷 ©

著　者　渡邉稔子
発　行　東銀座出版社
〒171-0014　東京都豊島区池袋3-51-5-B101
☎ 03（6256）8918　FAX03（6256）8919
https://1504240625.jimdo.com

印刷　創栄図書印刷株式会社